KB263635

옛 연인을 만나러 가는 일

옛 연인을 만나러 가는 일

옛 연인을 만나러 가는 일

부희령 소설집

차 례

옛 연인을 만나러 가는 일

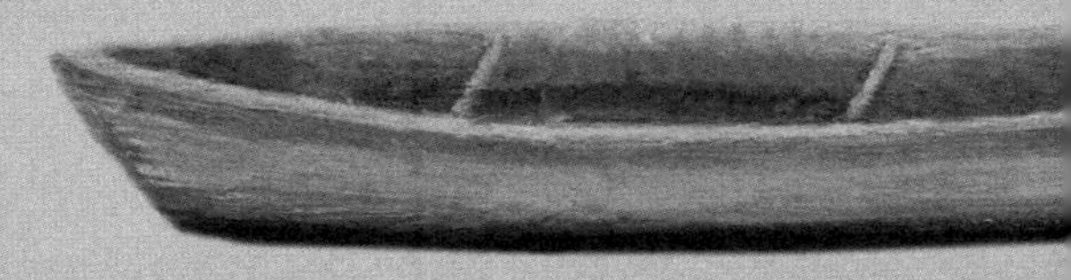

옛 연인을 만나러 가는 일

몇 년 전까지만 해도 내가 걔를 막 찾았지. 혹시 연결되는 사람이 있나 여기저기 수소문하고. 그런데 말이야. 막상 그쪽에서 먼저 연락이 오니 당황하게 되더라고. 옆자리 남자들이 두런두런 말하는 소리가 네 귀에 들어왔다. 오오, 첫사랑이 나타난 거네? 마침 네 앞에 앉아 있던 자오가 화장실에 가겠다며 일어섰으므로, 너는 그 뒷모습을 눈으로 쫓는 체하면서 옆자리들의 얼굴을 흘끗 돌아보았다. 한 번은 만나봐야 할 것 같아. 첫사랑에게 연락이 온 남자는 명료한 발음에 톤이 높은 어조로 말했다. 하지만 고민이 되는 건 사실이야. 괜히 만나서 후회하지는 않을까. 추억에 잠긴 목소리가 고백하자, 낮거나 거친 목소리들이 앞다투어 조언을 시작했다.

초저녁의 한산한 동네 카페에서 나눌 이야기는 아니었다. 창밖에 그림처럼 함박눈이 쏟아지고 있어서일지도 모른다고 너는 생각했다. 홀 안에서 가장 큰 나무 탁자에 둘러앉은 그들의 대화는 내밀한 내용에 어울리지 않게 거침없었다. 하지만 옛 연인이란 네가 멍하니 바라보고 있는 탁자처럼 칠이 벗겨져 정체 모를 검은 얼룩이 드러난, 내밀하지 않은 존재일지도 몰랐다. 너는 포크를 들고 탁자 위의 접시 속에 담긴 허브 소시지를 작은 조각으로 자르려 애썼다. 결국 자오의 포크까지 집어 들었으나, 소시지는 말끔하게 잘리지 않았다. 나이프가 필요했다.

개는 왜 만나자는 거야? 돈이라도 빌려달라는 건가. 너는 고개를 돌려 목소리 하나하나의 얼굴을 확인하고 싶은 충동을 억눌렀다. 괜히 이런저런 생각이 많아지는 게 좋은 조짐은 아닌데. 누군가가 목소리를 낮추며 소곤거리기 시작했다. 그게 언제였지? 개가 갑자기 사라졌을 때가? 옆자리 남자들이 잠시 말을 멈췄다. 아직 대통령이 있던 시절 아니었나? 조금 긴 침묵이 이어지다가, 누군가가 볼멘소리로 내뱉었다. 대통령이 있음 뭘 해, 총독보다 더한 독재자였는데. 너는 숨을 훅 들이마셨다. 총독이 취임하고 제1차 포고령이 선포된 직후였을 거야. 그때 실종된 사람들이 많았지.

화장실에 다녀온 자오의 목소리는 아까보다 가라앉아 있었다. 본국에서 임명한 반도의 사업본부장으로서 혹사당하는 처지를 토로하는 맥락은 여전했으나, 감정선은 분노에서 억울함으로 바뀌어 있었다. 현안이 발생할 때마다 본사의 지침이 달라져서 하루도 회의가 없는 날이 없었다. 화상 회의나 이메일로는 불가능한 비밀 협의가 필요해서 지난 석 주 동안 내내 본국에 머물렀다. 출장 기간에 반도의 지사에서 불미스러운 사건이 발생했는데, 자리에 없던 자신에게 책임을 물었다. 관리자로서 자오는 어느 한쪽으로 이익이 치우치지 않게 하려 애썼다. 그게 말이 안 되는 거였어. 어차피 핵심 기술은 본국이 갖고 있는 것이고, 지사는 그저 마케팅이나 하고 뒤치다꺼리나 하는 거니까. 자오는 한숨을 쉬었다. 어쩌면 본사가 파놓은 함정에 걸려든 것일지도 몰라. 내가 어리석었어.

잔에 남은 맥주를 끝까지 들이키는 자오를 보면서 너는 이제 자리에서 일어날 시간이 되었음을 감지했다. 하지만 잔을 탁자 위에 내려놓은 자오는 뜻밖에도 유토의 이야기를 꺼냈다. 그 사람 귀국했대. 아니, 잠시 방문했다고 해야 하나? 인공지능인지 인간의 지능인지, 그런 주제로 강연한다더라고. 세계적인 석학의 금의환향이라며 찬사가 요란해. 너는 조금 당황했다. 유토의 이야기를 꺼내는 것은 자오와 너 사이에서 금기 비슷한 것이었으므로. 하지만 세월이 어지간히도 흘렀으니까.

계산대 앞에 선 자오의 뒤에 서서, 세 번에 한 번 정도는 네가 돈을 내야 하지 않나, 너는 머뭇거리고 있었다. 아니 네 번에 한 번? 아니 다섯 번에 한 번? 마음속으로 거듭 반문했다. 자오는 네가 일 년 동안 벌어들이는 돈보다 여섯 배 이상의 연봉을 받을 테니, 너는 여섯 번에 한 번쯤 돈을 내도 된다는 변명을 생각해냈으나, 그런 건 공정도 정의도 아니지 싶어 마음의 모서리가 조금 허물어졌다. 카페를 나서며 너는 뒤를 돌아보았다. 조금 전 자리에서 일어설 때 옆자리들의 이야기는 정치 쪽으로 흘러가고 있었다. 젊은 날은 가버렸다고 소리 높여 세상을 억울해하던 그들은 이놈도 도둑놈 저놈도 도둑놈이니, 차라리 아무 상관 없는 통치자가, 이를테면 인공지능 같은 존재가, 원칙에 따라 합리적으로 지배하는 게 더 나을지도 모른다는 데 합의했다. 그래도 우리는 살아남았잖아, 잘 살아왔잖아, 그들은 중얼거리며 위스키 잔을 부딪혔다.

전동차가 지상에서 지하로 진입하는 순간 심장에 하얗게 성에가 끼는 것 같았다. 너는 창밖에 도사리고 있는 어둠을 노려보았다. 총독이 텔레비전에 출연해 곧 포고령을 선포할 거라는 예고를 한 그날 밤부터였을 것이다. 심장은 갑자기 차가워졌고, 빠르고 불규칙하게 뛰었고, 그러다가 몸이 덜덜 떨렸다. 너는 날뛰는 심장을 무시하고자 아무 생각이나 해보려고 노력했다.

처음 지하철을 탔던 게 언제였는지 머릿속을 헤집어보았다.

기억나지 않았다. 네가 십대였던 어느 여름날이 떠올랐을 뿐이다. 그날 전철을 타면 가장 가까운 항구도시까지 갈 수 있다는 사실을 새삼 깨달았고, 바다가 보고 싶다는 사춘기 아이다운 감상에 사로잡혔다. 충동적으로 열차에 올라탔고, 한 번 열차를 갈아탄 뒤, 내처 마지막 역까지 갔다. 그곳에 바다는 없었다. 너는 끝없이 이어지는 복잡한 지하상가를 헤맸다. 오래 묵은 소금 냄새 비슷한 지린내가 공기 속을 떠도는 것 말고는 네가 살던 거대도시의 변두리와 별로 다르지 않은 곳이었다. 지나치는 간이 식당마다 투명하고 누리끼리한 젤리 같은 것 위에 양념장을 얹어서 팔고 있었는데, 한 번도 먹어보지 못한 음식이었다. 나중에 너는 그게 우뭇가사리로 만든 묵이라는 걸 알게 되었다.

생각에 잠겨 있다가 내려야 할 역을 두 정거장이나 지나쳐버렸다. 되돌아가는 것보다는 환승이 빠를 것 같았다. 결국 네가 내린 곳은 K1역이었다. 사람들로 붐비는 휴일의 승강장은 의외로 조용했다. 너는 긴장했다. K1역은 제국 찬양 집회가 항상 열리는 시민의 광장에서 오 분 거리에 있었다. 이곳을 이용하는 이들은 대부분 찬양 집회 참석자임을 너는 의식하지 않을 수 없었다. 승강장에서 출구로 나가는 계단을 향해 천천히 움직이는 사람들은 거의 노인이거나 중년의 사람들이었다. 제국의 깃발을 기하학적으로 변형한 무늬의 점퍼를 입고 검정 선글

라스를 낀 남성은 적어도 칠십대 중반은 되어 보였다. 너는 기하학적 무늬로부터 멀어지려고 애썼다. 보라와 빨강의 고전적 꽃무늬 점퍼를 입은 여성 노인들과 거리를 두려고 잠시 걸음을 멈추기도 했다. 발목까지 내려오는 검정 패딩을 쌍둥이처럼 맞춰 입고 손을 잡은 채 걸어가는 이십대의 남녀를 유심히 관찰했다. 젊은 사람들치고는 칙칙한 차림새였다.

계단을 올라와 몇 걸음 걷다가 화장실 앞에 서 있는 여성과 눈이 마주쳤다. 네 또래였고, 중년 여성의 전형적인 단발 파마 스타일이었으며, 결정적으로, 너와 똑같은 옷을 입고 있었다. 처음에는 비슷한 옷이겠거니 했으나, 스치며 지나갈 때 같은 옷임을 알아차렸다. 거위의 솜털로 백 퍼센트 채워 넣었다는 초콜릿색 패딩 코트로, 아웃렛 매장의 할인율이 높지 않았다면, 네 형편에 엄두를 낼 수 없는 가격의 옷이었다. 너는 그 옷이 좋았고 심지어 자랑스러웠다. 그래서 너는 미약한 충격을 느꼈다. 너의 관념 속에서 그들과 너는 달라야 했다. 그들은 배움이 부족한 듯 보여야 했고, 악에 받친 듯 굴어야 했고, 누군가에게 조종당하는 좀비처럼 공허해야 했다. 너보다 더 가난할 것이라고 제멋대로 상상하기도 했다. 아무튼 그들은 너와 달라야 했는데 그다지 다르지 않았다는 게 문제였다. 너와 같은 옷을 입은 그녀는 길거리에서 그악스럽게 굴 사람처럼 보이지 않았다. 정직하고 침착해 보였다.

지하의 사람들을 지상으로 꾸역꾸역 토해내는 역 입구에는 몇몇 사람들이 지키고 서 있었다. 수북이 쌓여 있는 손깃발들 앞을 너는 급한 일이 있는 사람처럼 서둘러 지나쳤다. 그리고 몇 걸음 걷다가 슬며시 뒤돌아보았다. 네가 확인하고자 했던 장면이 눈에 들어왔다. 초콜릿색 패딩을 입은 여성이 별이 잔뜩 그려진 제국의 깃발과 함께 반도를 상징하는 줄무늬 깃발을 침착하게 건네받고 있었다. 형제의 나라 제국을 위해 언제든 목숨을 바치겠다는 내용의 군가가 시끄럽게 울려 퍼졌다.

네 심장이 다시 요동치기 시작했다.

언뜻 보기에는 광장에 모인 사람들이 많은 듯했다. 가로질러 걷다 보니 넓은 광장을 꽉 채운 도도한 인파는 아니었다. 한 명씩 듬성듬성 서 있는 이들은 대부분 짙고 어두운 빛깔의 옷을 입고 있어서 마치 체스판 위에 흩어져 있는 기물들처럼 보였다. 그들은 너에게 주의를 기울이지 않았고, 네가 걸어가는 방향과 반대쪽으로 몸을 돌린 채 꼿꼿이 서 있었다. 그들의 시선이 닿는 곳에는 풍채 좋은 노인이 흰 양복을 입고 흰 머리카락과 흰 수염을 휘날리며 연단 위에 서 있었다. 확성기를 통해 울려 퍼지는 노인의 거친 목소리가 들려왔다. 너는 포고령이라는 단어에 움찔했다. 노인은 소리쳤다. 가장 강력한 공포의 권세가 우리 머리 위로 쏟아질 것이다. 복종하라. 순명하라. 총독의 포고령은 쇠사슬 같은 복음이다. 제국의 복음을 따라야 우리는 강해진다. 제국의 복음을 따라야 우리는 승리한다.

복음은 저공 비행하는 드론에서 흩뿌려지는 총알처럼 쏟아져 내렸다. 충동적으로 바다를 보고 싶어 열차에 올라타던 시절의 너도 복음에 빠져 있었다. 처음에는 사탕 한 알을 얻고 싶어서 나중에는 전지전능한 절대자에게 의탁하고 싶어서 복음을 전파하는 곳에 드나들었다. 복음은 기도하고 헌신하라 했다. 너는 한밤중에 일어나, 쓸모없는 물건들을 쌓아둔 골방에 가서 홀로 기도하곤 했다. 불안과 공포를 거둬달라고. 그러나 너는 어둡고 차가운 적막에 압도되었고, 오래 꿇고 있는 무릎을 관통하는 고통에 취했다. 마침내 늘 패배하는 가난한 사람으로 살게 해달라고까지 기도하게 되었다. 기도하다가 저린 다리를 펴면, 찌릿찌릿한 반짝임이 몸 밖으로 흘러나갔다. 어린 너에게 신앙이란 그런 것이었다.

지금 광장을 채운 이들이 구하는 건 패배와 가난이 아니라 승리와 행복일 것이다. 하지만 어떤 의미로든, 신앙의 종착지는 결국 패배와 가난일 수밖에 없음을 너는 안다. 지금 그들과 같은 장소에서 반대 방향을 바라보고 있는 너는 어린 날의 기도를 후회하게 되었다. 몸에서 빠져나간 고통스러운 반짝임이 도달한 자리를, 그 너울너울한 어둠의 복음을 두려워하는 사람이 되었다.

그날 동네 카페에서 너는 자오에게 몸이 떨리는 증상을 털어

놓고 말았다. 소시지를 자를 때 네 손이 떨리는 것을 보고 아직도 매일 혼자 술을 마시느냐고 자오가 물었고, 너는 그렇지 않다고, 포크의 옆면은 칼날처럼 예리하지 않아서 그런 거라고 핑계를 댔으나, 끝내 포고령이라는 단어가 네 입에서 흘러나왔다. 자오는 한숨을 쉬었다.

아직 포고령이 선포된 것도 아니잖아? 예고만 한 것이지.

상상하는 공포가 더 심각한 거 몰라? 과거에 1차 포고령이 선포되었을 때 일어난 일들이 있으니, 모두 겁먹었겠지. 총독도 그걸 염두에 둔 거고.

1차 포고령을 선포했을 때 어땠는지 잘 알지. 나는 경험자니까. 죄 없는 사람들을 잡아 가두고 고문하고 학살했지. 거리를 오고 갔다는 이유로, 그저 마음에 들지 않는다는 이유로, 혹은 밝혀지지 않은 이유로.

자오가 한숨을 내쉬며 말을 이었다.

하지만 나는 무섭지 않아. 그건 벌써 오래전 일이야. 게다가 지금 총독은 너무 제멋대로라 본국의 지지를 충분히 받지 못한다는 소문이 있어. 어쩌면 재신임을 받지 못할지도 몰라. 총독이 바뀌고 나면 포고령은 선포되지 않을 거야.

지금 총독이 재신임 된다면? 아니면 새로운 총독이 와서 포고령을 선포한다면? 그때 일어났던 일들이 또 일어난다면?

너는 여전하구나.

자오는 혼잣말처럼 중얼거렸다.

불안한 사람이 달아나는 게 아니라 달아나서 불안한 거야. 정면으로 마주 보지 않으면 영원히 달아나야 해.

너는 시민의 광장을 벗어나 원래의 목적지를 향해 서둘러 걸었다. 혹시나 해서 아침에 자오가 보낸 메시지를 다시 확인해보았다. 'A3역 5번 출구 앞 편의점 왼쪽 골목'이라는 글자들이 눈에 들어왔다. 걸어서 십 분 안에 도착할 수 있는 거리였다. 걸음을 멈춘 김에 너는 자오에게 메시지를 보냈다. '너도 오는 거지?'

스마트폰을 주머니에 넣고 머리를 드는 순간 오른쪽에서 강렬한 섬광이 느껴졌다. 너는 반사적으로 눈을 찡그리면서 얼굴을 돌렸다가 다시 오른쪽을 돌아보았다. 처음 눈에 띈 것은 은빛으로 매끈한 스테인리스 기둥이었다. 기둥은 푸른빛이 도는 투명한 유리 벽으로 이어졌다. 네 옆에는 거대한 유리 빌딩이 서 있었다. 너는 눈을 들어 빌딩의 높이를 가늠해보았다. 뒷목이 뻐근할 정도로 고개를 젖혀도 끝이 보이지 않았다. 유리 벽으로 직진한 오후의 햇살이 여러 각도로 반사되어 빌딩은 날카로운 빛줄기가 우뚝 서 있는 것처럼 보였다.

유리 벽은 투명하지 않았다. 그러니까 네가 서 있는 방향에서 그것은 유리가 아니라 거울이었다. 거울 속에는 초콜릿색 패딩을 입은 중년 여성이 겁먹은 얼굴로 서 있었다. 벽의 저쪽에서 누군가가 이쪽을 바라보고 있다면, 아마도 같은 모습을 보게 될 것이다. 너는 저쪽을 볼 수 없는데, 저쪽에서는 너를 훤히 볼 수 있다니. 너는 잠깐 수치스러웠다. 이 도시에서 태어나 자랐으나, 너는 앞에 서 있는 유리 빌딩을 본 기억이 없었다. 이곳에서 살 수 있는 자격을 잃은 뒤 도시가 어떻게 변해가고 있는지 아는 바가 없었다.

거대한 유리 빌딩의 지상층에는 본국의 커피숍 체인인 '모비딕'이 있었다. 도시든 촌이든 지역에서 가장 목 좋은 자리를 차지하며 번성하는 곳이었다. 네가 커피숍 입구를 지나치지 못하고 걸음을 멈춘 것은 어른 키 높이의 입간판이 세워져 있기 때문이었다. 알루미늄 프레임으로 이루어진 입간판에는 큼지막한 순두부 덩어리 같은 뇌의 이미지가 박힌 포스터가 붙어 있었다. 너는 영어로 적힌 강연 제목을 읽었다. '인공지능의 거짓말'쯤으로 해석할 수 있었다. 'D&D 빌딩 42층 그랜드볼룸 4시 30분'이라는 글자 옆에는 유토의 이름이 적혀 있었고, 날짜는 오늘이었다. 유토가 귀국했다고 하던 자오의 말이 떠올랐다.

너는 약간의 망설임과 두려움을 떨쳐 내고 'MOBYDICK'이라고 적힌 유리문을 밀고 들어갔다. 영어로 주문해야 해서 네가 출입을 피하던 곳이었다. 커피숍 안은 널찍했고 흰 대리석 바닥과 푸른빛이 도는 유리 테이블로 이루어져 있었다. 푸른

바다를 유영하는 희고 거대한 향유고래의 내면 같았다. 네 예상대로 커피와 치즈 케이크를 주문하는 일은 순조롭지 않았다. 선택해야 할 커피의 종류는 많았고, 주문을 받는 카운터의 직원은 치즈 케이크라고 말하는 너의 발음을 알아듣지 못해 여러 번 반문했다. 네 뒤에서 기다리던 사람이 보다 못해 대신 주문해주었다. 커피와 케이크를 받아 들고 창가의 빈자리를 찾아 앉았을 때 네 이마에는 식은땀이 흐르고 있었고, 떨리는 손으로 들고 온 쟁반 위의 커피는 삼 분의 일이 쏟아진 상태였다.

너는 스마트폰을 꺼내 D&D 빌딩을 검색해 보았다. Design & Developement, 설계와 개발 빌딩은 놀랍게도 네가 들어와 앉아 있는 유리 빌딩의 이름이었다. 그래서 커피숍 입구에 입간판이 세워져 있던 거구나, 너는 중얼거렸다. 유토는 바로 이 빌딩의 대연회장에서 강연할 예정이었다. 검색 결과의 많은 항목은 D&D 빌딩에서 주위를 내려다본 풍경의 이미지로 채워져 있었다. 유리와 스테인리스로 지어진 빌딩이었으므로, 고층으로 올라갈수록 탁 트인 경관이 펼쳐졌다. 너는 낡고 야트막한 건물이 늘어선 풍경을 부감으로 찍은 사진들을 하나하나 살펴보았다. 짙은 잿빛 기와지붕들 사이로 좁은 골목이 인간의 말초 신경처럼 뻗어 있었다.

유토의 이름을 검색한 뒤, 연결되어 나오는 강연 공지를 따라 웹사이트로 들어가보았다. 강연 내용에 대한 소개와 함께 신청서 양식이 떴다. 너는 현재 시각을 확인했고, 강연 시작까지 삼십 분쯤 남았음을 알았다. 신청서를 열었다. 첫 줄에는 보안을 위한 조항이라며, 기재한 내용이 사실이 아닌 경우 주최 측에서 참가를 거절할 수 있다고 적혀 있었다. 빈칸을 하나하나 채우기 시작했다. 이름과 주소를 쓰고 직업란을 채울 차례가 되었을 때 잠시 망설이다가 '작가'라고 썼다. 참가비는 예상보다 고액이었다. 너는 그 부분에서도 잠시 망설였다. 마침내 네가 결단을 내리고 신용카드 결제를 시도하는 순간, 갑자기 오류 메시지가 뜨면서 신청서 화면이 사라져버렸다.

신청서 양식을 다시 찾아내려 몇 번 시도했으나 결국 포기했다. 포기하고 난 다음에도 오류 메시지가 뜬 것이며 갑자기 신청서 양식이 사라져버린 것에 대한 안타까움을 끊어버리기 힘들었다. 무엇이 문제였을까. 너는 여러 가지 가능성을 곰곰 생각해보았다. 이미 참가 인원이 다 차서 시스템에서 더는 신청서를 받지 않을 수 있었다. 가장 그럴듯한 이유였다. 그러나 가장 마음에 걸렸던 것은 직업란에 써넣은 작가라는 단어였다. 너는 제국의 공용어인 영어로 쓴 책을 낸 적이 한 번도 없었다. 그럴 만한 능력이 없었고, 그럴 욕망도 없었다. 태어난 이후로 네가 배우고 말하고 쓰던 언어로 쓸 수 있는 글만 썼다. 네가 아닌 것을 쓸 수 없었다.

반도가 제국에 합병된 이후에 태어난 아이들은 네가 쓰는 언어를 모르는 것은 아니었으나, 영어에 더 익숙했다. 부모와 이야기할 때도 아이들은 영어를 고집했다. 그렇지 않아도 책을 읽는 사람은 거의 없는데다가 요즘은 영어로 쓴 책이 아니면 출판할 수 없었다. 너는 십여 년 전부터 책을 내지 못했다. 반도의 작가 목록에서 이름이 삭제되었을 것이고, 직업란에 '사실이 아닌 내용'을 기재했으므로 신청 자격이 박탈되었을 수 있다. 순식간에 사라진 신청서처럼 이제까지 네가 살아온 시간이 송두리째 무효가 된 기분이었다. 네 인생은 단순히 오류였을지도 모른다는 자포자기의 끝자락에서 오래된 의문이 떠올랐다.

유토가 정말 네 연인이기는 했던 걸까.

너의 이십대는 혼돈 그 자체였고, 뒤돌아보면 암흑이라, 선명하게 기억나는 일은 거의 없었다. 어릴 때의 기도 탓인지 대학에 입학할 무렵 너는 가난하고 불행한 처지에 놓여 있었다. 무작정 바다를 보러 갔다가 지하상가를 헤매고 돌아온 지 얼마 지나지 않아 네가 태어날 때부터 대통령이던 독재자가 측근에게 암살되는 사건이 일어났다. 혼란이 시작된 건 그 무렵부터였다. 죽은 대통령은 은둔하는 자였고, 비밀이 많은 자였다. 대통령 관저의 지하실이 누구도 벗어날 수 없는 미로로 설계된 감옥이라는 소문 외에도 그가 제국의 감시를 피해 가공할 위력을 지닌 무기를 개발하려다가 죽었다는 이야기도 떠돌았다. 대통령이 암살된 뒤 산발적인 군사 쿠데타가 이어졌고, 그럴 때마다 반도의 통치자는 바뀌었다.

유토에 관한 기억 역시 희미했다. 시간의 순서나 인과 관계가 모호한 채 머릿속에 남아 있는 몇몇 장면들이 있을 뿐이었다. 유토는 네가 도서관 4층의 열람실에서 자주 마주치던 사람이었다. 대학에 입학한 뒤 너는 도서관 장서들을 검색해서 흥미를 끄는 책을 죄다 빌려 읽었고, 그 무렵에는 유럽의 작가인 토마스 만에게 몰입하고 있었다. 어느 날 『마의 산』을 읽고 있는 너에게 누군가가 무슨 책을 그렇게 열심히 읽고 있느냐고 물었다. 열람실에서 그렇게 큰 목소리로 말을 걸다니, 네가 놀라서 고개를 들어보니 유토가 서 있었다. 너는 아무 말 없이 책 표지를 보여주었다. 며칠 뒤에 휴게실 자판기에서 커피를 뽑고 있는데 유토가 다가와 '마의 산'을 읽는 중이라고 말했다. 너와 유토는 다디단 커피가 담긴 종이컵을 든 채 책에 관해 잠시 이야기를 나누었다. 너는 유토가 토마스 만을 이해하지 못한다고 느꼈다.

네 기억에 또렷하게 남아 있는 장면 하나는 유토가 말쑥한 양복 정장을 입고 열람실 구석 자리에 서 있던 모습이다. 중간고사가 시작될 무렵, 어느 날 오후에 우연히 마주친 유토에게 다음 날 도서관에 자리 하나를 맡아달라고 부탁했다. 유토는 학교에 걸어서 오고 갈 수 있는 가까운 동네에 살았고, 너는 버스로 한 시간 반 이상 걸리는 곳에 살았다. 자리를 맡아놓는다고 해도 한 시간 이상 비어 있으면 다툼이 일어날 수 있었으므로, 너는 새벽의 첫 버스를 타고 학교에 갔다. 개관 시간보다 삼십 분쯤 늦게 도착하여 4층으로 올라갔을 때, 마침 자리에서 일어나는 유토를 발견했다. 너는 깜짝 놀랐다. 짙은 감색 양복 정장 때문이었다. 친척 결혼식에라도 가느냐는 너의 물음에 유토는 고개를 저으며 대답했다. 오늘은 특별한 날이잖아.

유토와 너는 열람실에 나란히 앉아 공부하는 일이 잦아졌다. 너는 도서관 4층의 고요함을 사랑했으나, 이따금 그곳이 '마의 산' 같다고 생각했다. 산 아래 세상에서는 전쟁이 터졌는데, 부자와 귀족들이 모여 삶과 죽음에 대한 관념을 토론하며 끊임없이 삶을 유예하는 곳. 도서관에서는 누군가가 유리창을 깨고 자신의 주장을 외치며 유인물을 뿌려도 마치 세상에 그런 일은 일어나지 않았다는 듯, 반듯하게 앉아 공부하는 이가 늘 있었다. 교정에서 방독면을 쓴 고릴라들이 곤봉을 휘두르며 인간 사냥을 벌여도 도서관 휴게실에서 커피를 마시며 인간 같은 컴퓨터와 대화하고 싶다는 소망을 말하는 이도 있었다. 유토는 그런 사람이었다. 뇌를 쉬지 않게 하려고 걸어가면서도 암산 연습을 하는 사람이었고, 골똘히 생각에 잠겼다가 불쑥 온갖 단어의 정의를 말해 보라고 요구하는 사람이었다. 사랑을 정의

해 봐. 생명을 무엇이라 정의할 수 있을까. 지능이란 뭘까.

유토가 너에게 제시한 단어들이 권태, 차이, 산만함 그리고 자유의지에 이르렀을 무렵, 학기 말의 마지막 시험이 끝났다. 유토는 너를 음악대학 건물로 데려갔다. 양쪽에 문들이 좁은 간격으로 늘어서 있는 어둡고 긴 복도가 나타났다. 문을 여니 피아노가 놓여 있고 악보 받침대들 서너 개가 흩어져 있었다. 음대생을 위한 악기 연습실이었다. 유토는 슈베르트의 즉흥곡 몇 번이라며 피아노를 연주했다. 처음 듣는 음악이었다. 아름다웠으나 그것에 대해 전혀 모른다는 의식이 너의 감흥을 가로막았다. 유토가 관심을 두는 것들 대부분을 너는 알지 못했다. 유토 역시 너의 유일한 관심사인 문학에 대해 잘 몰랐다.

연주를 끝내고 나서 유토는 한참 동안 피아노 의자에서 일어나지 않았다. 피아노 뚜껑을 닫고 나서도 고개를 푹 숙인 채 앉아 있었다. 나한테는 사랑하는 사람이 있어. 마침내 유토가 입을 열었다. 오래도록 그 사람이 내 마음을 받아주지 않았어. 아니, 그게 아니라…… 네가 뭐라고 말을 꺼내려 하자 유토가 잠깐만, 하고 제지했다. 그 사람은 운명적이야. 그 사람을 처음 보는 순간 심장이 두근거렸어. 나중에 자기 이름을 말하는데 내 어머니와 이름이 똑같았어. 그런 게 운명 아닌가? 그제야 너는 유토가 말하는 운명적 사람이 네가 아님을 알아차렸다. 유토는 또 다른 운명의 증거들을 장황하게 늘어놓았다. 너는 잠자코 듣고 있었다. 그런데 어제 그 사람이 마음을 돌렸어. 자기도 운명을 느낀다고 했어. 얘는 나에게 왜 이런 말을 하는 걸까, 너는 의아했다. 유토가 코를 풀면서 변명했다. 미안. 내가 알러지성 비염이 있어서. 그러고 나서 너를 바라보았다. 너한테 하고 싶은 말은, 그래도 나한테 네가 없으면 안 된다는 거야. 운명이 나를 망가뜨리지 않도록 네가 지켜줘야 해.

그 밤의 기억은 거기까지다. 혼자 버스 정류장까지 걸어가던 어둡고 추운 길과 도중에 가로등을 올려다보면서 '운명적'이라는 단어의 우스꽝스러운 용례에 대해 생각하던 장면만 부록처럼 네 머릿속에 남아 있다.

학교에서 너는 우연히 유토와 마주치곤 했다. 계단을 오르거나 복도를 걸을 때 스친 적도 있었고, 멀리서 지나가는 모습을 보기도 했다. 유토는 혼자 걸어갈 때도 있었고, 제 어머니와 이름이 같은 그 사람과 함께일 때도 있었다. 어느 경우든 너는 유토가 눈에 보이지 않는 것처럼 행동했다. 몸을 돌려 걸어가며 혼자 중얼거리곤 했다. 마의 산. 마의 산에서 내려가자. 인정하고 싶지 않았으나, 너는 알고 있었다. 오랫동안 유토에게 의존하고 있었다는 사실을. 도서관 열람실에 앉아 있을 때만큼은 학교를, 아니 네가 존재하는 시공간 전체를 견딜 수 있었음을. 하지만 동시에 너는 유토에게 미묘한 거부감을 느꼈다. 열등감이었을지도 모르겠다. 그게 무엇이든 너는 결코 유토 같은 사람이 되고 싶지 않았다.

참가 신청서가 스마트폰 화면에서 사라졌을 때부터 손가락이 심하게 떨리기 시작했다. 혹시나 누군가가 이상하게 여기지 않을까 걱정되어 너는 주위를 둘러보았다. 너를 주목하는 사람은 아무도 없었다. 그뿐 아니라 북적이는 실내에 빈자리가 하나도 없는데, 네가 앉아 있는 창가의 테이블 앞 일인용 좌석 서너 개는 모두 비어 있었다. 갑자기 너는 깨달았다. 모비딕 안에 있는 누구도 너와 비슷하지 않다는 사실을. 그들은 너와 다른 언어를 사용했고, 초콜릿색 패딩 코트 같은 걸 입은 사람도 없었고, 불안한 기색도 보이지 않았다. 그들은 빛을 반사하는 유리 빌딩처럼 속내를 드러내지 않으면서 마치 네가 보이지 않는 것처럼 행동했다. 너는 향유고래의 내면에 침투한 이물질이고, 그 세계의 오류였다.

너는 모비딕에서 나와 A3역의 5번 출구를 향했다. 아까부터 몸이 심하게 떨렸으나, 추위 탓으로 치부하려 했다. 자오는 불안하지 않으려 노력한다고 불안이 사라지는 건 아니라고 했다. 심장이 불규칙하게 뛰는 것이나 몸이 떨리는 증상은 자율신경계의 영역이야. 정신력 따위로 통제할 수 있는 게 아니라고. 사실이었다. 너는 마음을 안정시키려 한동안 밖에 나가지 않았다. 사람들과 연락을 끊고 뉴스도 보지 않았다. 그러나 혼자 있을수록 증상은 더 심해졌고 더 자주 나타났다. 자오는 너에게 포고령 선포를 반대하는 비밀 집회가 열린다는 소문을 들었다고 은밀하게 속삭였다. 거기 한번 찾아가봐. 너와 비슷한 사람들이 모일 거야. 동지들 사이에 있으면 불안하지 않아. 기억나? 부정 투표함이 발견된 그날, 너도 구청에 있었잖아.

너는 가물가물한 그날의 기억을 떠올리려 애써보았다.

음대 연습실에서 내려오며 맞닥뜨린 겨울이 지나고, 봄이 왔을 때, 반도의 남쪽 섬에서 내전을 방불케 하는 상황이 벌어졌다. 텔레비전이나 신문에서는 아무런 언급도 없었다. 너는 학생들 사이에 떠도는 참혹한 소문을 들었다. 학교의 광장에서 자주 항의 집회가 열렸고, 경찰인지 군인인지 정체를 알 수 없는 사람들과 싸움이 벌어졌다. 참혹한 소문의 봄이 지나고 여름으로 접어들었을 때, 네가 우뭇가사리 묵을 처음 보았던 항구도시의 앞바다에 시체 한 구가 떠올랐다. 실종된 대학생이었다. 최루탄이 눈을 관통해서 죽었다는 소문이 퍼졌다. 이번에는 분노한 시민들이 거리로 나왔다. 도시 한복판에서 산발적으로 시가전이 벌어지기 시작했다. 너 역시 한두 번 거리로 나갔으나, 구호를 외칠 수도, 돌이나 병을 들 수도 없었다. 너는 사람들 사이에 몸을 숨기고 있다가 최루탄이 터지는 즉시 겁에 질려 달아나곤 했다.

긴 여름이 지나고 우뭇가사리의 항구로 제국의 군함이 들어왔다. 제국 해군의 함장이 반도를 통제하던 군부의 수뇌부와 비밀 회담을 했다. 회담의 결과가 발표되었다. 제국군의 관리 아래 시민 투표를 실시할 것이고, 투표 결과에 따라 개헌 절차를 밟기로 합의했다는 선언이 나왔다. 요점은 직접 선거로 반도의 대통령을 뽑을지, 제국과 합병하여 총독을 받아들일지 시민 투표로 결정한다는 거였다. 반도는 희망과 두려움으로 들끓기 시작했다. 시민들이 거리에서 집회를 열었고, 예상보다 많은 이들이 대통령 후보로 나와 대중 연설을 했다. 너는 진지하게 정치에 관심을 두기 시작했고, 자신이 그럴 수 있다는 사실에 놀랐다.

투표가 있기 보름 전쯤이었을 것이다. 우연히 자오를 만났다. 학생회관 지하 식당에서 라면을 먹고 있을 때였다. 자오는 고등학교 시절 너와 가까운 친구이기도 했으나, 대학에 온 뒤 학생회의 주축으로 활동하면서 사이가 멀어졌다. 그 무렵 가끔 집회에 참석하던 너는 그럼에도 여전히 광장이든 도서관이든 어디에도 속하지 못했다. 어느 쪽이든 참으로 대단해지려 애쓰는구나, 라는 차가운 마음을 품고 바라보았다. 그날 자오가 네 옆자리에 앉더니 중얼거렸다. 냉소는 허약함의 가면일 뿐이야. 너는 깜짝 놀랐으나, 무슨 소리를 하는 거냐고 딴청을 부렸다. 자오는 다짜고짜 물었다. 너, 시민 공정선거감시단 안 할래?

너는 시큰둥하게 대꾸했다. 아니. 자오는 간절한 눈빛으로 너를 바라보았다. 하겠다는 사람이 없어서 그래. 너처럼 기록이 깨끗한 사람이 필요해.

투표하는 날, 너는 공정선거감시단의 일원으로 G4구역의 투표소로 갔다. 당시에는 구로구청이라고 불리던 곳이었다. 너는 오전 여섯시부터 투표소 구석에 놓인 책상에 앉아 있었다. 12월 중순이라 추웠고, 긴장했으나, 할 일은 별로 없었다. 선거 관리하는 이들이 신분증 대조하는 것과 투표 용지 나눠주는 것, 용지를 받은 사람들이 커튼 뒤로 들어갔다가 나와 투표함에 표를 집어넣는 것을 지켜보는 것뿐이었다. 지루한 시간이었다. 정오가 되어 네가 맡은 역할이 끝나고 감시단의 다른 사람과 교대할 무렵이었다. 부정 투표함이 발견되었다는 소식이 퍼졌다. 어떤 사람이 봉인되어 있지 않은 투표함을 옮기다가 들켰다고 했다. 시민들이 몰려가 귤과 빵 상자 사이에 숨겨진 투표함을 찾아냈다.

투표소는 아수라장이 되었다. 원래 너는 정오까지만 투표소에 머무르면 되는 거였으나, 홀로 구청을 빠져나갈 수 없었다. 공정선거감시단의 일원이었으므로 시민들이 확보한 부정 투표함을 함께 지켜야 했다. 기자들이 왔고, 인근에 사는 시민들이 하나둘 구청으로 몰려들었다. 투표 시간이 종료되자마자 제국군과 경찰이 구청을 봉쇄했다. 너는 집으로 돌아갈 수 없는 처지가 되어, 오후에 하려고 했던 투표도 하지 못했다. 구청 1층 로비에 무리 지어 있는 사람들 틈에서 서성이며 뭐가 어떻게 된 일인지 귀동냥했다. 모두 처음 보는 사람들이었다. 나중에는 너무 지쳐서 차가운 돌바닥에 주저앉았다. 너를 제외한 모든 이들이 분주했다. 무리를 지어 대책을 토론했고 한 사람씩 나와 연설도 했다. 밤 열시가 되자 주위 사람들이 수군거렸다. 자정이 작전 개시 시각이라고. 제국군과 경찰이 들어올 것이라고. 네 심장이 터질 듯 뛰기 시작했다.

그렇구나. A3역의 5번 출구로 향하던 너는 걸음을 멈추고 중얼거렸다. 그날도 심장이 시한폭탄처럼 느껴졌고, 주체할 수 없이 몸이 떨렸지. 너는 왼쪽 가슴에 손을 올려놓은 채 과거의 기억을 찬찬히 복기했다.

작전 개시 시간이라던 자정에는 아무 일도 일어나지 않았다. 그러자 새벽 한시로 시간이 변경되었다는 전언이 돌았다. 한시가 지나자 다시 새벽 네시로 바뀌었다. 너는 구청 로비의 뒤쪽 벽 구석에 기대어 앉아 있었다. 몸이 너무 떨려서 가만히 있으려면 단단한 벽면이 필요했다. 춥기도 추웠고 주위에는 낯선 이들뿐이었다. 그러나 불안한 건지 무서운 건지 생각할 겨를도 없었다. 떨리는 몸을 견디는 것만으로도 힘겨웠다. 두시가 조금 지났을 무렵, 어디선가 자오가 나타났다. 여기 계속 있었니? 아까부터 너를 찾아다녔어. 자오는 네 손을 잡아끌어 건물 밖으로 나갔다. 건물 옆면에는 옥상으로 연결된 외부 계단이 있었다. 자오는 가방에서 빵과 우유를 꺼내 건네주었다. 너는 점심도 저녁도 굶은 상태였으나 배고프지 않았다.

　빵과 우유를 받아 드는 네 손이 심하게 떨리는 것을 보고 자오가 물었다. 무섭니? 너는 고개를 끄덕였다. 자오는 담배를 입에 물고 라이터로 불을 붙였다. 첫 모금을 길게 빨아들인 뒤 연기를 내뿜었다. 그리고 말했다. 나는 무섭지 않아. 여기서 동지들과 함께 죽을 거야. 너는 자오가 존경스러웠다. 담배를 다 피우고 자오는 동지들에게로 돌아갔다. 너는 계단에 혼자 남았다. 철제 난간에 몸을 기대고 앉아 네가 왜 그 자리에 있어야 하는지 생각했다. 과거에 네 동지였을지도 모를 절대자나 유토를 잠깐 떠올리기도 했다. 세상에서 너 혼자만 가위로 오려낸 듯 고립되었으나 그럼에도 세상 한가운데에 갇혀버린 듯한 기이한 느낌이 밤하늘에 총총 박힌 별처럼 선명했다. 새벽 네시가 되어도 아무 일도 일어나지 않았다. 희부옇게 먼동이 틀 무렵, 구청을 봉쇄하고 있던 군경이 통로를 열어주었다. 활짝 열면 자동차 두 대가 지나갈 수 있을 너비인 철제문이 30센티미터가량 열렸다. 한 사람이 겨우 지나갈 수 있는 틈이 생긴 거였다. 너는 아마도 그 문을 통과해 밖으로 나간 열번째쯤의 사람이었을 것이다.

버스 정류장에서 첫차를 기다리며 서 있던 네 눈에 공중전화 부스가 눈에 띄었다. 너는 무엇에 홀린 듯이 그곳으로 들어가 떨리는 손으로 다이얼을 돌렸다. 전화를 받은 것은 유토의 어머니였다. 너는 이름을 말하고 유토와 잠깐만 통화하고 싶다고 말했다. 그녀는 이렇게 이른 새벽에 전화해서 사람을 깨우는 것은 큰 실례라고 말했다. 그리고 전화를 끊었다. 공중전화 부스에서 나오자마자 버스가 왔다. 너는 평소보다 매우 흥분한 상태라서 수치심도 분노도 느끼지 못했다. 그저 버스에 올라타면서 생각했을 뿐이다. 유토와 통화하지 못한 게 다행이라고.

자오와 동지들 그리고 시민들은 이틀 동안 부정 투표함을 지키며 저항했다. 그러는 동안, 어쩔 수 없이 네가 기권한 시민 투표의 결과가 발표되었다. 놀랍게도 제국과의 합병을 원하는 시민이 그렇지 않은 시민보다 조금 더 많았다. 다음 날 새벽 여섯시에 첫번째 포고령이 선포되었고, 자오가 있던 구청에 제국군 대테러 특공대가 투입되었다. 옥상으로 쫓겨 올라간 사람들 가운데 여러 명이 투신했다. 모든 사태가 정리된 뒤 옥상 바닥에 머리카락이 달린 사람의 두피가 떨어져 있었다는 소문이 있었다. 너는 하나로 질끈 묶고 다니던 자오의 긴 머리카락을 떠올리면서 몸서리를 쳤다. 너는 그 뒤로 다시는 학교에 가지 않았다. 자오는 사라졌고, 오랜 세월 행적을 알 수 없었으나, 어느 날 본국에서 학위를 받은 경영학 박사가 되어 네 눈앞에 나타났다.

5번 출구 앞 편의점은 쉽게 눈에 띄었다. 너는 자오가 알려준 장소를 다시 확인하려고 스마트폰을 꺼냈다. 뜻밖에도 몇 시간 전 자오에게 보낸 메시지의 답이 와 있었다. '난 오늘 중요한 일이 있어. 내 몫까지 부탁해.' 너는 납득했다. 자오는 중요한 사람이니까.

중요하지 않은 너는 살아남아야 한다는 절박함을 안고 편의점 왼쪽 골목으로 접어들었다. 비밀 집회라는 게 믿어지지 않을 정도로, 골목에는 꽤 많은 이들이 줄지어 걷고 있었다. 모비 딕 안에 있던 사람들과 달리, 너와 아주 비슷한 사람들이었다. 제국 찬양 집회에서 본 사람들과도 크게 다르지 않았다. 불안한 표정으로 주위를 살피며 걷는 사람, 고개를 푹 숙인 채 땅만 보며 걷는 사람이 있었고, 두세 명이 손을 꼭 잡고 걷고 있는 모습도 보였다. 그들을 따라 걷다 보니, 네 몸이 떨리는 걸 그다지 의식하지 않을 수 있었다. 한참을 걷다가 골목 끝에 이르자, 사람들이 모여 웅성거리고 있었다. 너는 사람들 사이를 뚫고 맨 앞으로 갔다. 철문이 있었고, 한 사람이 겨우 지나갈 수 있을 정도로 문이 열려 있었다. 그 앞에 서 있는 사람이 안으로 들어가는 이들에게 유인물을 나눠주었다. '포고령에 반대한다'라는 큰 글씨가 네 눈에 들어왔다. 너는 유인물을 받고 안으로 한 걸음 들어가려다가, 멈춰 서서 뒤를 돌아보았다. 붉게 물드는 서쪽 하늘을 배경으로 D&D 빌딩이 우뚝 솟은 채 날카롭게 빛나고 있었다. 저 빌딩 48층 그랜드볼룸의 창가에서 유토가 너를 내려다보고 있을 것이라고 상상했다. 그 옆에는 자오가 서 있을지도 모르고. 아니, 아니다. 너는 고개를 저었다. 저 높고 아득한 곳에서 네가 보일 리가 없다. 그들에게 너는 부피가 없는 위치로 인식될 뿐이다. 낮은 곳에서 움직이는 발열체일 뿐이다. 하지만 아무려면 어떤가. 발열체들은 서로의 온기를 향해 골목골목으로 모여들 것이다.

이제껏 너는 내가 아니었으나, 저 문을 통과해서 포고령 이전의 세계로 돌아간다면, 너는 다시 내가 될 것이다. 너는 다시 내가 되고 우리가 될 수도 있겠지. 불안을 완전히 떨치지 못한 네가 열린 문을 통과한다. 새롭게 되풀이될 과거를 향해.

전망 좋은 방

전망 좋은 방

#인트로

영화의 한 장면 같네. 눈을 떠보니 낯선 곳이고, 모르는 여자가 옆에 누워 있고. 민수는 희미하게 빛나는 샹들리에의 유리 볼을 바라보며 중얼거렸다. 새벽녘의 선득한 공기에 잠이 깬 듯했다. 맨바닥에 등허리가 배겨 몸을 뒤척이는데, 옆에 있던 여자가 돌아누우며 말했다. 모르는 여자 아니죠. 아는 여자죠. 민수는 여자의 얼굴을 바라보았다. 아니요. 당신은 모르는 여자요. 현실과 꿈의 몽롱한 경계선에서 날카로운 두통만 선명했다. 다시 눈을 감고 기억을 더듬어보았다. 어제 아침에 씨네마 천국 대표와 면담을 했고, W시 외곽의 공장을 돌며 일정을 소화했다. 서울로 올라가려다가 주연을 만나 술을 마셨고, 칵테일 바에 들어갔다. 거기서 나와 택시를 타고 어디론가 갔고. 기억은 거기까지였다. 주연은 어느 장면에서 사라졌나.

#호텔_씨네마천국

창밖에는 보일 듯 말 듯 비가 내리고 있었다. 민수는 뜨겁고 진한 커피 한 잔이 간절했다. 호텔 대표와 약속한 시각은 아홉 시였다. 어제 마지막 현장 점검을 하고 조치원 근처에서 저녁을 먹은 뒤, 밤의 고속도로를 달려 W시까지 왔다. 굳이 이곳에서 숙박하기로 한 것은 면담 시간이 이른 오전인 때문이기도 했지만, 담보물의 관리 상태나 직원의 서비스 수준을 확인하려는 의도도 있었다. 영화제 기간이라 예약이 어려울지도 모른다고 걱정했다. 분지 지형인 W시는 여름이 무더웠다. 성수기는 휴가철이 아니라 영화제가 열리는 벚꽃 시즌이었다. 예상과 달리 객실은 남아 있었다. 월요일이었고 폐막 하루 전날이기는 했다. 그럼에도 당일 예약이 가능하다는 것은 호텔의 경영 상태가 긍정적이지 않다는 신호였다.

무료 조식이 준비되어 있다는 2층의 카페는 한산했다. 계산대를 지키는 직원 말고는 한 테이블에 앉아 있는 세 사람의 손님뿐이었다. 민수는 그들이 영화제 관계자일지도 모른다고 추측했다. 이십대의 새파란 청년들은 아니었으나, 민수보다는 분명 젊은 그들은 출퇴근하는 직장인처럼 보이지 않았다. 카페의 인테리어는 인조 대리석 바닥에 디자인을 카피한 가구로 채워진, 어디서나 흔히 볼 수 있는 스타일이었다. 그럼에도 왠지 분위기가 독특했다. 세 면이 유리창인데 통창이 아니라 격자무늬 문살이 있는 창문이었고, 창문이 아닌 모든 벽에는 원목 책장이 들어앉아 있었다. 자세히 보니 빼곡하게 꽂혀 있는 것들은 책이 아니라 비디오테이프들이었다. 환등기 그리고 크랭크가 달린 기계식 필름 카메라, 빛바랜 영화 잡지들도 눈에 띄었다.

 조식 메뉴는 간단했다. 빵과 과일, 달걀과 가공육 몇 가지가 전부였다. 토스터에 빵을 집어넣고, 서둘러 유리 포트 속에 있는 커피를 따라서 한 모금 마셨다. 뜨겁지도 진하지도 않은 커피였다. 커피조차 이 호텔답다고, 민수는 생각했다. 어젯밤에 묵은 객실은 넓고 깔끔했다. 흰색 벽에 옅은 나무색 가구들로 꾸민 무난한 방이었다. 붉은 화염을 배경으로 얼굴을 맞댄 남녀의 모습 위로 '바람과 함께 사라지다'라는 글자가 적힌 포스터가 걸려 있었다. 영화라는 테마를 강조하고 싶었을 테지만, 품격 있는 호텔의 분위기는 아니었다. 시트와 이불은 정갈했으나, 욕실 타일에 금이 간 게 보였고, 샤워할 때 물이 잘 빠지지 않았다. 있어야 할 것은 다 있는데, 뭐든지 조금씩 미흡했다. 없어도 좋은 것들은 지나치게 많았다. 어긋난 열의로 가득 차 있는 느낌이었다. 회생 가능성이 거의 없는 회사나 상환 능력이 없는 차주들을 만날 때 자주 눈에 띄는 특성이기도 했다. 물건을 만들어 납품하든 서비스를 팔든, 시류를 객관적으로 읽고 적절한 투자 시기를 놓치지 않는 건 말처럼 쉬운 일은 아니었다. 세상이 변하는 속도는 너무 빨랐다.

커피를 한 잔 더 갖고 와서 마시고 있는데 호텔 대표가 나타났다. 중년에서 노년으로 넘어가는 연배의 남성이었다. 옷매무새가 깔끔하고 훤칠했다. 조금 있다가 중년 여성이 뒤따라 나타났다. 대표의 부인이라고 하면서 민수와 잠깐 인사를 나눈 뒤 계산대 쪽으로 사라졌다. 카페 운영을 맡아 하는 것 같았다. 서류를 뒤적이며 잠시 이야기를 나눈 뒤 대표는 민수를 데리고 지하로 내려가 전기 배선실과 기계실, 주차장 등의 시설을 보여주었다. 관리 상태는 나쁘지 않았다. 객실로 올라가는 엘리베이터 안에서 대표는 자신이 W시에서 나고 자란 토박이고 건축업으로 잔뼈가 굵었다고 했다. 호텔 건물은 1980년대 중반에 오피스빌딩으로 지어졌고, W시에 영화제가 유치될 무렵에 자기가 사들여서 직접 리모델링 했다는 설명도 덧붙였다. 대부분 이미 민수도 알고 있는 사실이었다.

두 사람은 6층 객실을 둘러보고 옥상으로 올라갔다. 파라솔이 서너 개 놓여 있고 관목 식물들을 듬성듬성 심은 녹색 공간이 나타났다. 비는 거의 그친 상태였다. 난간 쪽으로 가까이 다가가 주위를 둘러보았다. 공룡의 등허리 같은 녹색 선들이 자욱한 안개 너머로 겹겹이 펼쳐져 있었다. 높은 건물이 거의 없어 도시 경관이 한눈에 들어왔다. 방수용 도료가 벗겨져 얼룩덜룩해진 슬라브와 차양을 치고 물건들을 쌓아둔 정돈되지 않은 옥상들도 적나라하게 드러났다. 오른쪽 시야 끝에 보이는 유리와 콘크리트 조합의 고층 건물은 관공서일 거라고 민수는 짐작했다. 지방 소도시에서는 흔한 풍경이었다.

대표가 주섬주섬 민수에게 담배를 권하더니, 미리 준비한 듯한 이야기를 시작했다. 부친이 부동산업을 하셨다. 선대에서 물려받은 땅도 조금 있고 그래서 일찌감치 땅과 건물을 보는 이치를 터득했다. 건축과에 진학했는데 부친의 명에 따라 방학 때마다 현장에서 벽돌 지고 나르며 일을 배웠다. 그러다가 대학을 그만두고 아예 건축업에 뛰어들었다. 건설 경기가 좋던 시절에 연립주택과 상가 건물을 지어서 돈을 벌었다. 민수가 여러 사람에게 들었고, 그래서 충분히 예상할 수 있던 '자수성가'의 사연이었다. 민수는 남자가 60대 중반에서 70대 초반일 거라고 가늠했다. 지방 도시의 건축 붐은 서울 변두리 동네가 빌라라고 불리는 연립주택들로 가득 채워지고 난 다음에 시작되었을 것이다.

카페에 있는 비디오테이프들은 사장님이 소장하시던 건가요? 민수가 묻자, 대표는 담배꽁초를 발로 비벼 불을 끄더니 도로 주워서 주머니에 넣었다. 집사람이 영화배우였어요. 민수는 잠깐 앉았다가 인사만 하고 떠난 여자의 모습을 떠올려보려 애썼다. 남편보다 열 살 이상 젊어 보였고, 정성껏 손질한 듯한 헤어스타일 외에는 딱히 기억에 남는 외모는 아니었다. 아, 젊었을 때 잠깐이요. 단역으로 몇 편 출연하고 결혼한 뒤 그만뒀지요. 민수는 고개를 끄덕였다. 잡지는 집사람이 갖고 있던 것들이고, 테이프는 폐업하는 가게들에서 산 건데, 그것도 집사람이 발품 팔면서 직접 골랐죠. 이야기가 길어질 것 같아서 민수는 재빨리 끼어들었다. 애정이 있으시겠지만, 호텔은 빨리 정리하실수록 이익이라는 게 제 생각입니다. 대표의 낯빛이 어두워졌다. 어떻게 할까요? 익숙한 반응이었다. 이런 상황에서 민수가 아무리 솔직하게 대안을 제시해도 돌아오는 대답은 대부분 동일했다. 제안에 대한 가타부타 의견이 아니라, 무조건 어떻게 해야 하느냐고 반복해서 되묻는 것뿐. 민수는 최대한 건조하게 말했다. 부동산 시장을 잘 아신다니 드리는 말씀이에요. 상환해야 할 원리금 선에서 매각하시는 게 공매에 넘기는 것보다 나을 겁니다. 대표의 표정이 일그러지더니, 고개를 숙이며 중얼거렸다. 그러지 마시고, 잘 부탁드립니다.

아래층으로 내려가는 엘리베이터 안은 고요했다. 어색한 침묵을 깨고 대표가 점심 식사를 대접하고 싶다는 말을 꺼냈으나, 민수는 오늘 일정이 바쁘다고 거절했다. 대표는 카페가 있는 2층에서 내렸다. 그리고 엘리베이터 문이 닫히지 않게 버튼을 누른 채, 민수에게 잘 부탁한다고 다시 말했다. 지하 1층에서 내려 주차장까지 걸어가면서 민수는 투덜거렸다. 도대체 뭘 부탁한다는 거야. 민수로서는 이제껏 시간을 벌어주고 있는 중이었다.

#차이나타운

마지막 현장에서 빠져나와 서울로 향하는 고속도로로 진입하기 직전, 민수는 주유소로 들어갔다. 거미줄 같던 빗줄기가 꽤 굵어져 있었다. 기름을 넣고 막 출발하려는데, 폰에 주연의 이름이 떴다. 어제 W시로 가는 도중에 민수는 고속도로 휴게실에서 주연에게 전화했다. 도착하면 얼굴 보고 술이라도 같이 할 수 있는지 물어볼 작정이었으나 통화하지 못했다. 주연은 어제 일찍 잠들어서 민수의 전화를 못 받았고, 이제야 확인했노라고, 변명하듯 말했다. 민수는 일 마치고 서울로 돌아가는 길이라고, 어제 못 만나서 정말 아쉽게 되었다고 했다. 그럼, 오늘 저녁 먹으면 되잖아, 선배. 주연의 목소리는 활기찼다. 난 직장인이야, 내일 출근해야지. 민수의 말에 폰 너머에서 주연이 풉, 하고 짧게 웃는 소리가 들렸다. 나도 직장인이야. 나도 내일 출근해. 이른 저녁 먹고 올라가. 잠시 민수의 머릿속이 복잡해졌다. 이미 W시에서 서울 쪽으로 30분 거리까지 올라온 지점이었다. 피곤했고, 차가 있어서 술도 마시지 못한다. 민수가 망설이는 사이에 주연이 빠르게 덧붙였다. W시의 차이나타운 알지? 거기 패루 앞에서 네시에 보자. 페루? 민수가 되물었다. 응, 패루. 늦게 올라가면 차가 안 막혀서 좋을 거야. 주연은 전화를 끊었다.

페루 음식점에 가자는 건가? 민수는 어리둥절했다. 그러다가 상호가 '페루'인 식당에서 만나자는 얘기인가 보다 했다. 폰을 꺼내 아무리 검색해도 W시에 그런 가게는 없었다. '폐루' 그리고 다시 '패루'로 글자를 바꿔서 검색했다. 인천의 차이나타운에 있는 패루의 사진이 떴다. 민수는 사진 밑에 적힌 설명을 읽었다. '패루는 중국의 전통 건축양식으로 지은 문이다. 중국 외의 나라에서는 차이나타운 입구에 주로 세운다.'

너는 별걸 다 아는구나. 유학 갔다 온 사람은 다르네. 주연을 만나자마자 민수는 감탄했다. 선배, 지금 나 멕이는 거지. 졸업 못하고 중간에 돌아온 거 알잖아. 주연은 마지막으로 봤을 때보다 많이 야위어 보였다. 우리가 얼마만에 본 거지? 민수가 묻자, 주연이 잠시 생각에 잠겼다. 재작년에 모임 있어서 서울 갔다가 내가 연락한 거 같다. 민수의 기억도 마찬가지였다. 그러네. 일 년도 넘었네. 두 사람은 잠시 침묵했다. 주연이 서울에 왔는데 약속이 펑크 났으니 나와서 밥 사달라고 전화한 적이 있었다. 감기 기운이 있어서 일찍 퇴근해서 쉬려고 했던 금요일 저녁이었다. 민수는 그날 주연과 회사 근처 중국음식점에서 고량주를 마시다가 정신을 잃었다. 선배, 왜 이렇게 몸이 뜨거워, 라며 주연의 걱정스러운 목소리에 눈을 떴는데, 모텔 침대 위였다.

선배, 무슨 생각을 그렇게 골똘히 해? 기억 속의 목소리가 민수를 현실로 돌아오게 했다. 나 그동안 아팠어. 입원도 하고. 주연은 지나가는 말처럼 중얼거렸다. W시의 관광 안내 책자에도 언급된다는 중국음식점에 들어가 탕수육에 맥주 한 병을 주문한 뒤였다. 어디가 아팠는데? 주연은 짤막하게 대답했다. 말하기 싫어. 누군가가 눈앞에서 간단히 '싫다'라고 대꾸하는 상황이 오랜만이었다. 어떤 상황이든 우회해서 말하지 않는 주연의 방식은 여전하다고 생각하며, 그러나 민수 자신은 잠시 머릿속으로 단어를 골랐다. 아파서 많이 날씬해졌구나. 주연이 웃음을 터뜨렸다. 날씬하다니. 말라서 쪼그라들었지. 맥주를 두 잔째 따르는 주연에게 민수가 물었다. 술은 마셔도 돼? 의사는 마시지 말라고 하지. 하지만 술도 안 마시면 무슨 재미로 살겠어. 민수는 운전을 핑계로 맥주를 거절한 게 머쓱했다. 한 잔만 마시겠다며 받은 맥주를 연이어 두어 잔 마시고 나니, 차에서 한두 시간 눈 붙이고 떠나도 되겠다는 생각이 들었다.

선배는 도대체 무슨 일을 하는 거야? 민수는 한숨을 쉬었다. 전에도 몇 번 설명했잖아. 주연이 손을 내저어 민수가 말하려는 것을 가로막았다. 무슨 자산관리사라는 말은 벌써 수십 번은 들었어. 우리가 수십 번 만난 적도 없지, 민수는 중얼거렸다. 기업이 은행에 담보를 맡기고 대출을 받잖아. 그런데 제때 돈을 못 갚으면 부실기업이 되는 거고, 은행은 불량 채권을 갖고 있으면 부담이 되니 우리 회사 같은 데 팔고. 그렇게 인수한 채권의 담보를 관리하는 게 내 일이야. 주연은 얼굴을 찡그렸다. 이런 얘기도 전에 들은 거 같네. 그래도 무슨 말인지 하나도 모르겠어. 민수는 몇 시간 전에 돌아본 수출자유지역 공단을 머릿속에 떠올렸다. 크기는 조금씩 다르고 형태는 똑같은 조립식 건물들이 늘어서 있는 곳이었다. 쉽게 말해서, '이제 건물 팔아서 대출금 갚으시죠', 라고 말하는 게 내 일이야.

W시에 온 것도 그런 일 때문이야? 민수는 당연히 그렇지, 라고 대답했다. 진짜? 주연은 석연치 않은 듯 되물었다. 아침 일찍 미팅이 있었어. 어제 숙박한 호텔이 내가 관리하는 물건이기도 하거든. 민수는 왠지 애써 변명하는 기분이었다. 나 보고 싶어서 여기 온 거, 아니야? 주연은 웃지도 않고 물었다. 그럴지도 모르지. 민수는 웃었다.

죽기 전에 보고 싶은 사람들은 다 만나보라고 하더라. 주연의 말에 민수는 또 웃었다. 누가 그래? 우리가 아직 그럴 나이는 아니지 않나. 주연은 여전히 웃지 않았다. 아냐. 사람은 언제든지 죽을 수 있어. 민수는 그렇지, 뭐, 하면서 고개를 끄덕였다. 나를 이상한 사람으로 볼 거 같아서 말 안 하려고 했는데, 작년에 나 죽으려고 했었어. 우리 집이 17층 아파트거든. 거기에서 뛰어내렸었어. 민수는 잠시 말문이 막혔다. 그런데 어떻게 살았어? 주연이 웃기 시작했다. 선배 특이한 사람이네. 왜 그랬느냐고 먼저 물어야 하는 거 아니야? 민수는 의아했다. 17층에서 뛰어내렸는데 죽지 않을 수 있어? 실은 뛰어내리려고 했는데, 그렇게 못한 거지. 베란다 난간에 매달렸다가 바로 아래층 에어컨 실외기 놓는 자리로 떨어졌어. 오래된 아파트라 그런 게 있었거든. 다시 뛰어내렸는데 또 난간에 매달렸어. 그래서 그 아래층 실외기 위로 떨어졌어. 문득 여기서 죽었다가 후회하면 어떡하나, 그런 생각이 들더라. 이번에도 민수는 왜 그랬느냐는 물음이 나오지 않았다. 죽고 싶지 않았던 거지. 주연은 고개를 끄덕였다. 응. 나는 죽고 싶지 않았어. 그런데 누군가가 머릿속에서 자꾸 뛰어내리라고 했어. 선배, 나 미친 건가? 아냐. 그럴 수 있지. 민수는 진심이었다. 정신과 폐쇄병동에서 2주일 지냈는데, 그때 창밖으로 내다보는 세상이 아주 달라 보였어. 아름답더라고. 동네 슈퍼와 철물점이 있는 골목이, 고깃집 앞에 줄 서 있는 사람들이 그렇게 아름답다는 걸, 나는 처음 알았어. 선배는 알고 있었어? 민수는 대답하지 않았다. 언제부터인가 아름다움이라는 단어를 떠올리거나 말한 적이 거의 없었다. 선배 같은 사람들은 몰라. 진짜 아름다움이 뭔지 몰라.

식당 안으로 저녁 손님들이 들어오기 시작했다. 민수는 고량주 한 병과 그 집에서 가장 비싼 요리를 주문했다. 우리 맛있는 거 먹자. 인생 뭐 있냐.

고량주 한 병을 다 비우고 두 사람은 식당에서 나왔다. 그새 비가 멈춰 있었다. 차이나타운에서 중국과 관련된 건 유명한 중국음식점 한두 곳뿐이었다. 이발소나 달걀 가게처럼 사연이 오랜 점포가 몇 군데 눈에 띄었고, 대부분은 유리창에 '임대'라는 글씨가 적힌 종이를 붙인 빈 상가들이었다. 영화 세트 속 같은 쇠락한 건물들 사이를 지나 오 분쯤 걷다 보니 번화가가 나타났다. 소복 입은 여인네 같은 벚나무들이 어둠 속에 줄지어 서 있는 거리였다. 지나다니는 젊은 사람들이 꽤 있어서 번화하다고 느꼈는지도 몰랐다. 독특하고 아담한 카페와 북적이는 술집들 사이로 징검다리처럼 '임대'라는 딱지가 붙은 상가들이 눈에 띄었다.

주연은 단골 칵테일 바에 가서 딱 한 잔만 더 마시자며 앞장섰다. 민수는 뒤를 따랐다. 오늘 밤 안으로 서울에 올라가기만 하면 되는 거였다. 그게 그렇게 어려운 일은 아니라고 마음속으로 되뇌었다. 주연의 뒷모습을 보는 일은 익숙했다. 민수가 망설이며 뒤돌아볼 때 주연은 늘 자기가 원하는 게 무엇인지 잘 아는 사람처럼 성큼성큼 멀어져갔다. 돌이켜보면 늘 그러했다. 민수가 회계사 시험 준비하러 무슨 아카데미라는 곳에 다닐 때 주연은 학교에도 거의 안 나오고 외부의 단편 영화 워크숍에 참여했다. 그때 만든 영화를 프랑스 문화원에서 상영하기도 했다. 그곳에서 처음 마셔본 뜨겁고 진한 커피 맛을 민수는 기억하고 있었다. 졸업한 뒤에 주연은 영화를 공부한다며 외국으로 떠났고 오랫동안 소식이 끊겼다. 민수의 주위에서 그렇게까지 멀리 나아간 사람은 주연뿐이었다. 민수는 평생 자신이 다다르지 못할 세상을 주연이 보았을 거라고 믿었다.

#칵테일 바_몽상가들

칵테일 바 안은 좁고 어두웠다. 손님들이 앉을 수 있는 자리는 카운터 테이블밖에 없었으므로 두 사람은 바텐더를 바라보며 나란히 앉았다. 주연은 짧은 인사말을 바텐더와 주고받았고, 민수가 알지 못하는 이름의 칵테일을 주문했다. 민수는 얼음을 넣은 위스키를 마시겠다고 했다.

나는 선배를 잘 몰랐던 거 같아. 민수는 고개를 갸우뚱했다. 그런가? 나는 너를 잘 아는 거 같은데? 주연은 민수가 이름만 걸어놓고 거의 활동을 안 하던 영화 동아리의 후배였다. 같은 동네에 살아서 버스 안에서 자주 마주쳤다. 주연이 술을 좋아하고 또 술이 센 편이라, 이따금 동네 호프집에서 만나는 술친구이기도 했다. 함께 어울리던 민수의 친구와 주연이 사귀기 시작할 즈음 민수는 군대에 갔다. 말년 휴가 나와서 두 사람이 헤어졌다는 소식을 들었다. 민수가 지금 다니는 회사에 막 입사했을 무렵 만났을 때는 외국에 나갔다가 삼 년 만에 돌아온 주연이 시나리오를 쓰고 있다고 했다.

아참, 취직했다며? 너에 대해 잘 몰랐네. 웃음 섞인 민수의 물음에 주연은 시내에 있는 영어학원 강사로 일한다고 했다. 학생들이 너무 귀여워. 그 아이들 이야기를 한번 써보려고 해. 민수는 가게 안에 다른 손님이 아무도 없다는 게 신경이 쓰였다. 사대 보험 되는 정규직이야? 웃음 섞인 민수의 질문에 주연이 표정을 일그러뜨렸다. 아버지 돌아가셔서 귀국한 뒤로 누구의 도움도 받은 적 없어. 내가 벌어서 먹고살았어. 선배는 늘 내가 직업이 없던 것처럼 말하지만, 적게 벌어서 적게 쓸 뿐이야. 선배처럼 돈을 잘 버는 사람들은 말을 꼭 그렇게 하더라. 민수는 미안하다고, 농담이었다고 사과했다. 선배가 나와 비슷한 사람인 줄 알았어. 다들 하는 착각이 뭔지 알아? 자기가 좋아하는 사람은 자기랑 비슷한 줄 아는 거. 민수는 주연이 마음속의 말을 더는 털어놓지 않기를 바랐다. 바텐더가 두 사람의 대화를 고스란히 듣고 있는 것 같았다. 사람은 변하는 거니까. 물론 안 변하는 부분도 있지만. 민수는 입에서 나오는 대로 아무 말이나 했다.

밖으로 나와 담배를 꺼내 물었다. 다시 비가 쏟아지고 있었다. 도로 쪽에 세워진 입간판에는 '몽상가들'이라는 푸른 네온

글씨가 번쩍였다. 민수는 푸른빛이 번진 아스팔트 도로 위로 빗방울들이 작은 왕관 모양으로 튀어 오르는 것을 지켜보았다. 누군가가 칵테일 바의 유리문을 밀고 안으로 들어가려다가 민수를 흘낏 돌아보았다. 여성인지 남성인지 헷갈릴 정도로 머리를 아주 짧게 자른 사람이었다.

가게 안에서는 조금 전에 들어간 여자가 주연과 나란히 앉아 이야기를 나누고 있었다. 민수가 주연의 옆에 가서 앉자, 여자가 아는 척을 했다. 연초를 태우시던데요. 요즘은 그런 분이 거의 없어서 한 대 달라고 할까 망설였어요. 여자는 자기를 루시라고 불러달라고 덧붙였다. 민수는 가볍게 인사했다. 난 이 선생 친구예요. 서울에서 왔어요. 주연은 루시를 영화 모임에서 만났다고 했다. 영화를 좋아하시는 분이 운영하는 카페가 있는데, 거기에서 한 달에 한 번 모여 영화를 봤거든. 주연이 W시로 막 왔을 무렵의 일이라고 했다. 민수는 문득 짚이는 데가 있었다. 혹시 카페 씨네마천국? 민수의 물음에 주연과 루시가 놀라며 그렇다고 했다. 선생님과 같이 본 영화들 정말 좋았어요. 루시의 말에 주연은 쓴웃음을 보였다. 요즘은 모임 안 해. 주연이 민수를 돌아보며 말했다. 자비에 돌란 영화를 한번 틀었는데, 좋아하지 않는 분들이 있었어. 자비에 돌란이 뭔지 궁금했으나 민수는 묻지 않았다. 그런 일이 몇 번 있고 모임이 깨졌어. 여기가 좁은 동네잖아. 루시가 격하게 고개를 끄덕였다. 저는 그 영화 좋았어요. 제목이 '마미'였죠? 영화 모임이 W시의 문화계에 돌풍이었어요. 여기 주인장도 제가 데리고 갔잖아요. 루시가 바텐더 쪽으로 눈길을 돌렸다.

주연이 민수에게 나지막하게 물었다. 그 호텔에 무슨 문제가 있어? 아니, 뭐. 민수는 좁은 동네라는 말을 떠올렸다. 루시와 바텐더는 두 사람만의 심각한 대화에 열중하고 있었다. 팬데믹 이후로 매출이 회복이 안 되고 있어. 호텔이든 카페든 재투자가 있어야 매출이 살아나는데, 현금 유입이 안 되니 재투자가 어렵고. 악순환이지. 주연이 고개를 끄덕였다. 그렇구나. 영화제도 예전 같지 않아. 요즘은 극장에 가서 영화를 보는 사람이 거의 없잖아. 민수는 갑자기 피로가 몰려오는 느낌이었다. 아까부터 일어나야겠다고 생각했으나 이제는 손가락 하나 까딱하기가 귀찮았다. 영화뿐 아니라 웬만한 상품은 플랫폼에서 거래가 이루어지는 걸로 산업의 구조 자체가 변할 거야. 민수는 온통 공실이던 주변 거리의 상가들을 떠올렸다. 이제 주연은 민수의 말을 거의 듣지 않고 있었다.

자본주의는 원래 그런 거잖아. 돈을 못 벌면 망하는 게 당연하지. 지원금이니, 기본소득이니 그런 식으로 퍼주면 나라 망해. 국가가 자선 단체인가? 바텐더의 단호한 목소리가 들려왔다. 루시가 목소리를 높였다. 국가는 당연히 예술에 투자해야지. 국민이 행복해지는 길이고, 장기적으로는 돈을 버는 길이야. 너처럼 생각하는 사람들 때문에 우리나라에서 예술 영화가 나오지 않는 거야. 바텐더가 주연을 힐끔 바라보았다. 아까 이 선생님이 말씀하신 자비에 돌란 영화, 나도 봤잖아. 주인공이 불을 질렀을 때 화상을 입은 아이가 있었지. 그 부모가 피해 보상금을 요구하는 게 부당한 것처럼 나오더라. 하지만 현실에서 그런 일이 일어나면, 사람들 대부분은 피해자거든. 그런 범죄자가 왜 영화의 주인공이어야 하는지 나는 이해할 수 없어. 죄를 지었으면 죗값을 치르고, 정신이 망가졌으면 약을 먹으면 되는 거야. 그게 무슨 예술이야. 감독의 자기도취지. 루시가 흐흥, 코웃음을 쳤다. 칸 영화제에서 상 받은 작품인 거 알지? 바텐더가 한숨을 쉬었다. 프랑스 영화라서 준 거겠지. 주연이 정색하고 끼어들었다. 아니요. 캐나다 영화에요.

민수가 계산하는 동안 주연과 루시는 밖으로 나갔다. 세 사람이 각각 두 잔씩 마신 술값이 예상했던 금액의 두 배에 가까워서 민수는 조금 기분이 상했다. 카드를 돌려받으며 바텐더에게 넌지시 말했다. 주인이 친구들 불러서 모여 노는 가게는 손님들이 싫어하죠. 나는 그런 곳에는 잘 안 갑니다. 바텐더는 고개를 숙여 인사했다. 죄송합니다. 시끄러우셨나 봐요. 민수는 정색하고 말했다. 네. 손님은 가격에 상응하는 대접을 요구하기 마련이에요. 자본주의잖아요. 민수는 바텐더에게 미소를 지어 보이고 밖으로 나왔다.

봄비가 여름 장마처럼 쏟아지고 있었다. 먼저 갔을 줄 알았던 루시가 여전히 주연과 함께였다. 두 사람은 민수에게 담배를 달라고 했다. 세 사람은 가게의 처마 밑에 나란히 서서 연기를 뿜었다. 발밑 도로에 차오른 빗물 위로 꽃잎들이 허옇게 떠내려갔다. 저렇게 현실적인 사람이 가게 이름을 왜 몽상가들이라고 지었지. 민수의 혼잣말에 주연이 대꾸했다. 사람들이 현실이라고 생각하는 게 가장 깊은 꿈속일지도 몰라. 루시가 환호성을 질렀다. 어머, 선생님 너무 멋진 말이에요. 그러면 우리야말로 진짜 현실을 살고 있는 거죠! 주연이 루시의 어깨를 끌어안으며, 그렇지, 그렇지, 했다. 우리 2차 가요. 제가 아주 멋진 곳을 알아요. 뷰가 끝내주는 곳이죠! 거기 가서 진짜 현실을 보는 거예요! 민수는 루시의 '우리'에 속하고 싶지 않았다. 자신의 현실은 오늘 밤 안에 서울로 올라가야 하는 것이라고, 민수는 생각했다.

#전망 좋은 방

호출한 택시가 도착했을 때 민수는 주연과 루시만 태워 보내려 했다. 뒷걸음질 치는 민수에게 주연이 말했다. 선배, 같이 가자. 어차피 살아가는 건 주사위를 던지는 일과 같아. 운이 나빠지기 전까지는 운이 좋은 거야.*

내키지 않는 마음으로 뒷좌석에 올라타면서 민수는 생각했다. 그래. 어쨌든 내일 아침에 서울에 있으면 되는 거니까.

전망 좋은 곳에 간다고 하기에 관광호텔의 스카이라운지 같은 곳을 상상했으나, 세 사람이 내린 곳은 어느 아파트 단지 입구의 편의점 앞이었다. 루시는 거침없이 편의점으로 들어가더니, 두 사람에게 마시고 싶은 술을 고르라고 했다. 민수가 하릴없이 음료수들을 구경하는 동안 루시는 버번위스키와 각얼음, 탄산수 몇 병을 바구니에 담았다. 그리고 계산대 앞으로 가더니 종이컵이 있느냐고 물었다. 점원은 아무 대답 없이 웃기만 했다. 루시가 다시 종이컵의 위치를 묻자, 하얀 피부에 뺨이 분홍색이며 긴 머리카락을 하나로 묶은 여자 점원이 '중국 사람이에요'라고 말했다. 발음이 어색했다. 어머, 중국 사람이세요? 루시가 깜짝 놀라며 되묻자, 여자는 활짝 웃었다. 한국에 언제 왔어요? 한국말 못해요? 계속되는 루시의 물음에 여자는 웃기만 했다. 한국 사람이랑 똑같이 생겼다! 루시가 말할 때마다 여자는 세 사람을 번갈아 바라보며 겸연쩍게 웃었다. 원래 중국 사람이 한국 사람과 다르게 생기지는 않았잖아. 주연이 루시에게 소곤거리며 술과 종이컵의 값을 계산했다.

어디로 가는 거냐고 물어도 루시는 따라오라고만 했다. 편의점에서 조금 떨어진 아파트 건물로 들어갔고, 엘리베이터에 올

* 자비에 돌란의 영화 「마미」에 나오는 대사

라탔고, 17층에 내렸다. 현관문을 열고 들어가 식탁 위에 술을 내려놓은 다음 루시는 설명을 시작했다. 여기 친구 집인데, 유럽 여행 갔어요. 민수가 당황해서 뭐라고 말을 꺼내려 하자, 루시가 다급하게 손을 내저었다. 주인 허락 없이 온 건 아니고요. 비어 있는 동안 제가 여기 식물들을 돌봐주고, 그 대신 하루 숙박권을 달라고 했어요. 여기서 혼자 술 마시면서 전망을 즐기려고요. 민수는 난처했다. 낯선 사람까지 데려와도 된다고 한 건 아니잖아요. 주연이 민수 팔을 툭 쳤다. 뭐 어때. 그냥 잠깐 술 마시다가 깨끗이 잘 치우고 가면 되지. 그럼요. 그럼요. 어서 이리 와보세요. 루시는 주연의 손을 끌고 베란다로 나갔다. 민수는 어쩐지 개운치 않은 마음으로 두 사람의 뒤를 따랐다.

　세 사람은 베란다 난간 앞에 나란히 서서 밖을 바라보았다. 부정형의 짙은 어둠의 경계에 남빛 테두리가 보였고, 그 너머로 도시의 불빛이 또 다른 세상을 환하게 감싸고 있었다. 밤이라서 숲이 안 보이는구나. 루시가 중얼거렸다. 바로 아래 저, 다른 곳보다 더 까만 곳 있잖아요, 저기가 숲이에요. 루시의 손가락이 가리키는 곳을 내려다보면서 민수는 새삼 17층의 높이를 실감했다. 낮에 보면 엄청나요. 저쪽이 동물원이지? 주연이 루시에게 물었다. 맞아요. 이 동네를 좀 아시는구나. 두 사람이 W시의 아파트들에 관한 이야기를 나누는 동안 민수는 어둠의 깊이를 다시 가늠해보았다. 밤의 숲은 검은 구렁텅이 같았다.

군데군데 하얀 그림자가 보이는 것은 아마도 꽃이 핀 나무의 흔적일 것이다. 민수는 주연이 병원에서 창밖을 보다가 발견했다는 아름다움을 떠올렸다. 밤의 숲은 그것과는 정반대의 무엇처럼 느껴졌으나 그렇다고 아름답지 않은 건 아니었다.

세 사람은 식탁에 앉았다. 루시는 하이볼을 만들어주겠다면서, 여러 개의 종이컵을 사용했다. 집주인의 컵이나 그릇을 꺼내고 싶지 않다고 했다. 숙박권만 받았으니까요. 주연과 민수는 루시가 만들어서 건네주는 술을 받아 마셨다. 개는 축구를 잘했어요. 선수 된다고 서울의 유소년 축구교실에 유학도 갔고요. 고등학교까지 서울에서 다녔는데 갑자기 아버지가 돌아가셔서 W시로 돌아왔어요. 군대 갔다 와서 서울에서 몇 년 동안 바텐더 생활을 하면서, 하룻밤에 칵테일 삼백 잔을 만들고 그랬대요. 루시가 하는 말을 듣는 둥 마는 둥 하면서 민수는 키가 크고 어딘지 모르게 군인처럼 경직된 느낌이 들던 바텐더의 외모를 떠올렸다. 그런데 원래 이름이 루시예요? 루시가 건네는 또 한 잔의 하이볼을 받으며 민수가 물었다. 당연히 아니죠. 민수는 본명이 뭐냐고 물으려다가, 알아서 뭐 하나 싶어서 그만두었다.

루시가 화장실에 갔다 온다며 일어섰다. 주위가 조용해졌다. 다시 피로가 몰려와 민수는 크게 하품을 했다. 저기 가서 좀 누울까. 주연이 거실 바닥을 가리켰다. 붉은빛 양탄자가 깔린 거실에는 나무 탁자 하나가 덩그러니 놓여 있었다. 이 집에 소파가 없음을 민수는 비로소 깨달았다. 그래서 집이 넓고 쾌적하게 느껴진 거였다. 두 사람은 탁자를 한쪽으로 밀고 양탄자 위에 나란히 누웠다.

아직도 그 17층 집에 살고 있는 건 아니지? 응. 퇴원하고 바로 이사했어. 선배가 나를 미쳤다고 생각할까 봐 말 안 하려고 했는데. 주연은 잠시 말을 멈추었다. 오늘은 안 하려고 했던 말을 다 하는 날이네. 민수가 중얼거렸으나 주연은 못 들은 것 같았다. 이사할 때 베란다 수납장 속에서 액자가 하나 나왔어. 오래전에 그림 그리던 후배가 맡아달라고 한 액자인데, 난 까맣게 잊고 있었거든. 목탄으로 어떤 할머니 얼굴을 그린 거였어. 고등학교 때 시골 장터에서 만난 할머니 모습을 그린 거라고 했던 거 같은데, 그냥 내 기억이 지어낸 걸지도 몰라. 어쨌든 그림을 보는 순간, 내가 왜 죽으려 했는지 알 것 같았어. 민수는 왜 그랬느냐고 물어보고 싶었으나 해일처럼 잠이 밀려오고 있었다. 얼굴이 온통 주름으로 뒤덮인 할머니가 고개를 비스듬하게 돌려 쳐다보고 있었어. 울지도 웃지도 않고 있는데, 파인 주름마다 슬픔이 가득 담겨 있었어. 인류의 시공간 속에 있던 슬픔의 무게가 죄다 그 속으로 스며든 것처럼. 선배, 그 무게가 나에게 뛰어내리라고 말한 거였어. 민수는 문득 걱정스러웠다. 후배에게 그림을 돌려줘야지. 돌려줬어? 주연은 오래 울어서

목이 잠긴 사람의 목소리로 말했다. 그 애는 죽었어. 민수는 팔을 뻗어 주연의 손을 잡았다. 주연아, 이제 그러지 마.

주연은 다시 혼잣말처럼 중얼거렸다. 선배, 내가 병원 창밖에서 본 건 슬픔이 아니라 기쁨이었어. 그러니 걱정하지 마. 우리가 보는 현실은 극장에서 보는 영화 같은 거야. 진짜 현실은 오랜 세월 동안 우리 몸에 켜켜이 쌓여 있고 그게 마음을 통해 바깥세상으로 투영되는 거야. 사람들은 다른 몸으로 살고 있지만 마음은 서로 연결되어 있는지도 몰라. 그래서 남들이 느끼는 모든 기쁨과 슬픔을 다 아는 거야. 우리는 다 알고 있어. 모르는 척할 뿐이지, 모르지 않아. 깊은 밤의 숲속으로 아득히 떨어지는 속도를 느끼며 민수는 중얼거렸다. 그럴지도 모르지.

#아웃트로

열려 있는 베란다 창문으로 스며든 햇빛에 민수는 눈을 떴다. 몸을 반쯤 일으켜 주위를 둘러보았으나 아무도 없었다. 모르는 여자도, 아는 여자도. 새벽녘에 누군가와 말을 주고받은 건 꿈이었나. 주연은 언제 가버렸나. 갑자기 밀려오는 불길한 예감에 민수는 황급히 일어났다. 베란다로 나가 아래를 내려다보았다. 이른 아침의 빛이 안개를 머금은 검푸른 숲 위에서 일렁였다. 비는 완전히 그친 것 같았다. 숲을 감싸고 있는 안개 너머로 새로 지은 고층 아파트들이 보였다. W시의 신도시 지

역일 것이다. 주연이 말한 동물원은 어디 있을까 뜬금없이 그
게 궁금했다. 다시 거실로 들어왔으나, 여전히 아무도 없었다.
민수의 폰은 먼지 하나 없이 말끔한 식탁 위에 놓여 있었다. 시
간을 확인했다. 6시 45분. 서둘러 차이나타운까지 가서 근처에
세워둔 차를 몰고 떠나면 오전 중에는 서울에 도착할 것이다.

아파트를 빠져나와 몇 걸음 걷다가 민수는 뒤돌아섰다. 한
번 더 확인하지 않고서는 떠날 수 없었다. 아파트 건물을 빙 돌
아 베란다가 바라보고 있는 앞면으로 가보았다. 꽃이 지고 잎
이 무성해진 목련과 잘 손질한 침엽수들이 나란히 서 있을 뿐
이상한 점은 아무것도 없었다. 입구 쪽으로 걸어 나오니 어젯
밤에 들렀던 편의점이 나타났다. 편의점 앞 계단에는 검정색
패딩 외투를 입은 할머니가 앉아 있었다. 택시를 호출하느라
분주한 마음임에도 젖어 있는 나무 계단에 걸터앉아 있는 할머
니에게 자꾸 신경이 쓰였다. 계단에 앉아 계시지 말고, 저 파라
솔 아래 의자에 앉으세요. 민수가 말을 건네자, 할머니는 슬프
지도 기쁘지도 않은 말간 얼굴로 빤히 쳐다보았다. 민수는 문
득 어젯밤에 들은 할머니 그림 이야기가 떠올랐다. 주연이 진
짜 그런 말을 했는지, 자기가 꿈을 꿨는지 알 수 없었다.

주연이 정말로 17층에서 몸을 던지려 했을까. 왜 그랬을까.
어젯밤에는 주연이 하는 말은 무엇이든 다 이해할 수 있었다.
취해서 그랬겠지. 지금 생각해보면 도대체 무슨 말을 들은 건

지, 자기가 주연의 무엇을 이해한 건지 알 수 없었다. 하지만.

아파트 입구에 멈춰 선 택시를 향해 서둘러 걸어가면서 민수는 생각했다. 살아야 할 이유라는 건 없다고들 하지만, 결국 죽고 싶은 이유라는 건 살고 싶은 이유와 같은 것이다. 슬픔과 기쁨이 무엇인지 알게 되었다고 했으니, 주연은 이제 살아 있는 한 죽으려 하지 않을 것이다. 민수는 주연을 걱정하지 않아도 된다고 제 마음을 다독였다. 그러나 앞으로 내내 주연을 떠올리지 않을 수 있을지는 아직 알 수 없었다.

마중

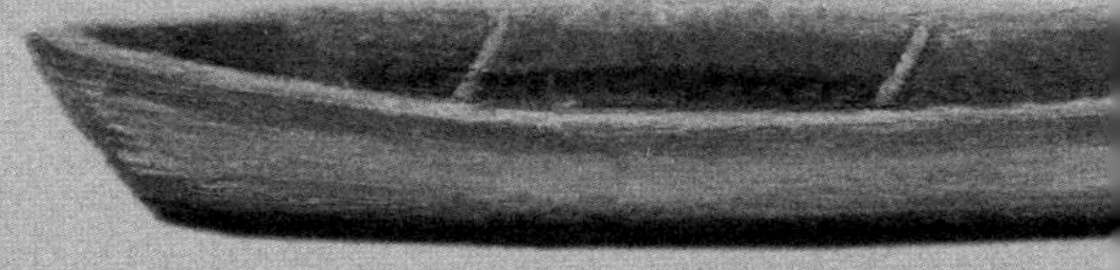

마중

벽에 걸린 시계 속 흐릿하게 빛나는 바늘 두 개가 겹쳐 있었다. 7시 37분. 그는 간신히 읽어낸 숫자가 가리키는 의미를 곰곰 생각했다. 아침일까, 저녁일까. 하루를 시작하는 때일지도 모르고 마무리하는 무렵일지도 모른다. 어느 때든 식구들이 둘러앉아 밥 먹어야 할 시간이다. 언제 눈을 떴는지 생각해내려 애쓰면서, 그는 커튼의 틈새를 비집고 들어온 빛줄기를 멍하니 바라보았다. 이제 막 잠에서 깨어난 건지, 삼십 분이나 한 시간쯤 침대에 누워 있는 건지 알 수 없었다.

밥 먹어야지. 그는 소리 내어 중얼거렸다. 아무 대답도 들리지 않았다. 밝지도 어둡지도 않은 방 안 분위기가 평소와 달랐다. 손을 뻗어보니 침대 옆자리가 비어 있었다. 귀를 기울여봐도 물소리나 그릇 덜그럭거리는 소리조차 들리지 않았다. 아내가 외출한 모양이었다. 병원 아니면 교회에 갔겠지. 그는 다시 시계를 바라보았다. 7시 37분. 그새 바늘은 조금도 움직이지 않았다. 그는 숨을 깊이 들이마셨다가 내쉬었다. 마음을 다잡고 몸을 천천히 움직였다. 협탁 옆에 세워져 있는 지팡이를 향해 손을 뻗었다.

거실 창문의 커튼은 젖혀져 있었다. 그는 햇빛이 바닥에 만든 격자무늬 위를 천천히 가로질렀다. 흐릿한 회색 안락의자 앞에 멈추었다. 세상이 시작된 이래 늘 그 자리에 있던 것처럼 묵직한 의자였다. 팔걸이에 놓인 리모콘을 집어 들었다. 기호와 숫자가 새겨져 있는 수많은 버튼이 눈에 들어왔다. 갑자기 어지럼증이 일었다. 무엇을 눌러야 하나. 그는 먼저 눈에 띄는 붉은 버튼을 눌렀다. 프로펠러 돌아가는 소리가 들리더니 헬리콥터가 화면을 가득 채웠다. 공중에서 선회하던 검은 몸체가 천천히 방향을 틀었다. 갑자기 기관총의 묵직한 총구가 정면으로 그를 겨누었다. 연속적인 폭발음과 함께 총구가 불을 뿜어대자, 그는 흠칫 놀라며 황급히 리모콘의 버튼을 이것저것 눌렀다. 그러나 기관총은 눈앞에서 쉽사리 사라지지 않았다. 그는 떨리는 손가락으로 붉은 버튼을 찾았다. 텔레비전이 꺼지고 집 안은 다시 정적 속에 가라앉았다.

안락의자의 왼편에는 세 사람이 충분히 앉을 만한 긴 소파가 놓여 있었으나, 앉아 있는 사람은 없었다. 아내는 외출한 모양이라고, 그는 생각했다. 병원 아니면 교회에 갔겠지. 소파 바로 위 벽에는 커다란 사진 액자가 걸려 있었다. 사진의 한가운데에 짙은 감색 정장 차림으로 앉아 있는 남자가 자신임을 그는 알아보았다. 바로 옆에는 분홍색 한복을 차려입은 할머니가 있고, 두 사람 뒤로 네 여자가 어깨를 나란히 한 채 병풍처럼 서 있었다. 그는 머리카락이 하얀 아내를 바라보았다. 모르는 사람에게 자기 어머니라고 해도 믿을 지경이었다. 어쩌다가 저런 여자와 결혼했을까. 따르는 여자가 숱하게 많았는데. 여전히 아침인지 저녁인지 알 수 없었으나, 그는 하필 밥때가 됐는데 집을 비운 늙은 아내의 얼굴을 노려보았다.

부엌에도 사람의 기척은 없었다. 식탁 위에는 두루마리 화장지 하나가 덩그러니 놓여 있을 뿐이었다. 갑자기 참을 수 없는 허기가 몰려왔다. 그는 냉장고 문을 열었다. 고개를 들이밀고 샅샅이 살펴보았다. 눈에 띄는 것은 플라스틱 반찬 통 몇 개와 먹던 김치가 담겨 있는 보시기뿐이었다. 그는 냉장고 속 반찬 통을 손에 잡히는 대로 꺼내 식탁 위에 늘어놓았다. 잘 열리지 않는 뚜껑을 애써 열어보았다. 멸치볶음, 감자조림 그리고 정체를 알 수 없는 시뻘겋고 흥건한 무엇. 그는 멸치볶음과 감자조림을 번갈아 바라보았다. 한참 망설이다가 멸치 몇 마리를 손가락으로 집어 올려 입에 넣는 순간, 뒤에서 사람 목소리가 들려왔다.

"지금 뭐 하시는 거예요!"

누가 뭐라든 상관없이 그는 삼삼하고 달짝지근한 멸치 맛을 음미했다. 다시 반찬 통을 향해 손을 뻗으려는데, 누군가의 손이 먼저 나타나 재빠르게 뚜껑을 덮었다.

"오늘따라 일찍 일어나서는."

여자는 투덜거리며 그를 밀쳐냈다. 방금 잠자리에서 빠져나온 듯 부스스한 머리카락에 흐트러진 옷차림이었다. 여자는 거칠게 냉장고 문을 열고 식탁 위의 반찬 통들을 집어넣었다.

"아빠, 저기 가서 텔레비전 보고 있어요. 밥 차리면 부를 테니."

여자의 서슬에 놀라 그는 주춤주춤 거실로 향했다. 의자에 앉아 리모콘을 들여다보다가 붉은 버튼을 눌렀다. 텔레비전은 켜지지 않았다. 차례로 이것저것 눌러보았지만, 아무 반응도 없었다.

텅 빈 검은 화면을 바라보며 그는 생각에 잠겼다. 아빠라고? 여자는 그를 아빠라고 불렀다. 그는 다시 벽에 걸린 가족사진을 바라보았다. 사람들의 얼굴을 하나하나 유심히 살폈다. 앞자리 할머니의 바로 뒤에 서 있는 파란 옷을 입은 여자가 부엌에서 본 사람과 비슷해 보이기도 했으나, 화장을 짙게 해서 잘 알아볼 수 없었다. 생각이 그 지점에 이르렀을 때 피로가 몰려왔다. 텔레비전이 꺼지듯 머릿속이 텅 빈 화면으로 변했다. 그는 시간의 검은 장벽 앞에서 잠시 서성였다.

"아무래도 아빠가 먼저 돌아가실 거 같아. 엄마는 아직 정신이 또렷하잖아."

"그건 모르는 일이야. 그래도 아빠가 먼저 가시는 게 우리는 덜 힘들지."

"아니지. 엄마가 먼저 가면 아버지는 요양원에 보내면 되지만, 엄마는 절대로 안 간다고 할걸. 게다가 우리 엄마 성격을 누가 당해? 요양원에서 데려가라 할지도 몰라. 엄마가 먼저 가는 게 우리도 편하고 엄마도 편해."

양경은 자매들의 대화에 끼어들지 않은 채 무심히 듣고 있었다. 어머니가 먼저 가든 아버지가 먼저 가든, 양경에게는 큰 문제가 아니었다. 다만 누가 세상을 떠나도 별로 슬프지 않으면 어쩌나, 그래서 눈물 한 방울도 나오지 않으면 어쩌나, 양경은 그런 걱정을 하고 있었다.

아버지는 다섯 딸의 이름 첫 글자를 수우미양가에서 따왔다. 수경, 우경, 미경, 양경, 가경. 아들을 기다리다가 내리 나오는 딸을 맞이할 때의 기분을 점수로 표현한 것일지도 모른다. 그나마 막내 가경은 미국에 살고 있어서 이제는 아버지가 준 이름을 쓰지 않아도 되었다. 양경은 초등학교 때부터 제 이름이 불편했다. 어디를 가도 양갱이라고 놀림을 당했다. 차라리 양갱이라면 달콤하기나 하지. '양경'은 너무 선량해서 지루한 사람에게나 어울릴 이름이었다. 물론 이름이 불만이라 부모가 세상을 떠나도 무덤덤할 거라 예상하는 건 아니었다. 아무려나 아직 일어나지도 않은 일이거니와, 부모가 이 세상에 없어서 슬픈 게 문제지, 슬프지 않은 게 문제는 아니라고, 양경은 고쳐 생각했다.

어머니가 무릎 수술을 받고 두 달 동안 재활 병원에 있는 동안 양경이 본가로 들어와 아버지를 돌보게 되었다. 양경이 살던 집의 전세 보증금이 올라 집을 옮겨야 했고, 어차피 새로 집을 구할 바에야 전세든 월세든 두 달이라도 시간을 버는 게 나았다. 그래서 일이 그렇게 되었다. 얼마 안 되는 세간은 이제는 비어 있는 본가의 반지하에 넣어두고, 천천히 거처를 찾아볼 작정이었다. 두 달을 정해놓고 들어왔건만, 하루하루 지나면서 양경은 영영 이 집에 갇힐 듯한 불길한 예감에 시달렸다. 선량하고 지루하게 살라는 이름의 저주가 시작되는 것 같았다. 무엇보다 자매들이 한시름 놓았다는 태도를 보였다. 날이 갈수록 정신이 흐릿해지고 거동이 불편해지는 두 노인을 외딴 동네의 낡은 주택에 방치하는 게 불안한 상황이었다. 딸들 가운데 누군가가 부모를 돌보는 게 요양원에 보내는 것보다는 마음이 덜 불편한 해결책이었다.

번창하던 의류 수출 사업이 한풀 꺾일 즈음, 아버지는 다른 영역으로 사업을 확장하려다가 손해를 많이 보았다. 물건을 일본에 보냈는데 대금을 못 받는 사기까지 당했다. 운영하던 공장이 은행에 넘어갔고, 서울 한복판의 번듯한 이층집을 팔아 빚잔치를 했다. 그리고 수도권 변두리로 이사했다. 70년대 중반에 미니 이층집이라고 불리던 붉은 벽돌집으로 들어가 반지하에 월세를 놓고 살았다. 그게 벌써 사십여 년 전의 일이다. 아버지는 친구가 사장으로 있는 봉제 공장에 출근하면서 공장장으로 두 해 남짓 일하다가, 사장이던 친구가 회장이 되면서 퇴직했다. 출퇴근하는 일은 그것으로 끝이었다. 이후로 아무 일도 하지 않았다. 양경이 대학에 합격했을 즈음 부모에게 등록금이 필요하다는 이야기를 꺼낸 적이 있었다. 아버지는 돈이 없다고 잘라 말했다. 옆에 있던 어머니는 굳이 대학에 가야 하겠느냐고 말을 보탰다.

"사람이 죽으면 말이야, 저세상에 먼저 가 있던 사람들이 마중 나온대."

말을 꺼낸 미경의 목소리가 조금 떨렸다. 자매들은 잠시 입을 다물었다.

"그래서 나는 죽는 게 무섭지 않아. 우리 그이가 나를 맞이하러 올 테니까."

양경은 미경의 눈에 서서히 눈물이 고이는 것을 보았다. 미경은 십여 년 전에 남편을 잃었다.

"그렇다면 우리 엄마는 분명 외할아버지가 마중 나오시겠다. 그렇게 막내딸을 이뻐했다고 하잖아."

"아빠는 누가 나올까? 할머니?"

"아빠는 자기 어머니 이야기는 거의 안 하잖아. 외할머니 손에서 자라서."

"할머니가 키우면 애들 버릇이 나빠져. 우리 아빠는 부잣집 응석받이로 자란 티가 나서, 정말 꼴불견일 때가 많잖아."

자매들의 대화에 귀 기울이면서, 양경은 누가 자신을 맞이하러 나오면 좋을지, 누구를 만나면 저세상이 두렵지 않을 것인지 잠시 생각에 잠겼다. 살아 있는 사람 중에도 죽은 사람 중에도 떠오르는 이가 없었다. 먼저 저세상으로 갈 게 분명한 부모는 나올 것 같지도 않았지만, 나오기를 바라지도 않았다. 현생의 인연이 끝나면 다시는 만날 일이 없었으면 했다.

그는 달아났다. 비탈이 심한 산길을 기어올랐다. 한 번도 와 본 적이 없는 곳이었다. 칡넝쿨과 가시덤불이 다리를 휘감고 붙잡았다. 폭음과 자욱한 연기와 핏물로 흥건한 땅이 그를 뒤쫓았다. 타오르는 지옥의 불길이, 잿더미 위에 뒹굴던 잘린 몸들이 그의 뒷덜미를 잡아채려 했다. 갑자기 산길이 끝나고 사방이 트인 벌판이 나타났다. 보름달이 환한 밤이었다. 그는 갈증을 느끼며 멈춰 섰다. 허벅지에서 뜨거운 아픔이 느껴졌다. 만져보니 감아놓은 붕대가 축축했다. 끈끈해진 검은 손바닥을 들여다보다가 화들짝 놀라 길가 옆 밭으로 뛰어들었다. 피 냄새를 맡고 죽음이 그를 찾아내 덮칠 것 같았다. 가슴 높이로 솟은 옥수숫대의 그림자들 사이로 몸을 숨겼다.

물 한 모금이 간절했다. 몸을 낮추어 안으로 걸어 들어갔다. 누렇게 시든 잎사귀들이 걸음을 옮길 때마다 바스락거렸다. 제가 내는 소리에도 귓등이 쭈뼛 솟았다. 이따금 그는 멈춰 서서 주위를 두리번거렸다. 어둠 속에서 손을 뻗어 옥수수 줄기를 훑어보기도 했다. 혹시라도 농부의 손을 피한 옥수수가 하나라도 남아 있기를 바랐다. 밭 한가운데에 이르렀을 때 희끄무레한 그림자가 나타났다. 어이 이제 왔음메. 달빛에 처녀의 이마가 희게 빛났다. 날래 따라 오우다. 처녀가 그의 소맷자락을 잡아끌었다.

길게 땋아 늘인 머리채에 자줏빛 댕기가 나풀거렸다. 두 사람이 밭에서 빠져나와 다다른 곳은 어느 집 울타리 앞이었다. 안으로 들어서자 매캐한 냄새가 코를 찔렀다. 그는 흠칫 놀랐다. 지붕이 날아가고 잿더미 위에 타다가 만 기둥이 뒹굴고 있는 폐허였다. 기껏 달아난 곳으로 다시 돌아온 것 같아 겁이 났다. 탄내를 맡으니 더욱 목이 탔다. 물 좀 주기요. 그는 나지막

하게 말했다. 그러자 처녀는 그를 돌아보지도 않고 무너진 흙벽 너머로 사라졌다. 아무리 기다려도 다시 나타나지 않았다. 연기가 자욱한 집 주위를 빙글빙글 돌았다. 처녀를 찾는 건지 우물을 찾는 건지 스스로도 알 수 없었다.

"일어나세요. 아침 드셔야죠."

그는 눈을 떴다. 고개를 들고 소리가 들려오는 쪽을 바라보았다.

"어제는 새벽같이 일어나더니, 오늘은 늦잠이네."

빛을 등지고 서 있어서 얼굴은 보이지 않으나, 낯선 목소리였다. 그는 자신이 속옷만 입고 누워 있음을 깨닫고 황급히 이불깃을 여몄다.

"누구세요?"

여자는 한숨을 쉬면서 돌아섰다.

"넷째 딸이에요. 얼른 일어나서 나오세요."

우리에게 딸이 있었던가? 아들은? 늘 그렇듯이 그는 고개를 돌려 아내에게 물었다. 아내의 자리는 비어 있었다. 머릿속의 빈칸과 마주할 때마다 의기소침해지던 날들이 있었으나, 이제는 순순히 받아들이고 있었다. 살아오면서 놀랄 일들은 늘 있었고, 너무 많았다. 세상에는 어떤 일이든 일어날 수 있음을 그는 이미 알고 있었다. 다만 침대 옆자리에 아내가 없다는 사실은 새삼 당황스러웠다. 이정표가 사라진 세상에 홀로 서 있는 기분이었다.

"틀니 끼는 거 잊지 마시고요."

여자가 방문 밖에서 소리쳤다.

욕실 세면대 위 투명한 플라스틱 통에는 분홍빛 잇몸이 물에 잠겨 있었다. 그가 무엇을 어떻게 할지 잠시 멈칫하는 사이에, 손이 스스로 알아서 움직였다. 틀니를 물속에서 몇 번 헹군 뒤 집어 올렸다. 거울 속에는 낯선 얼굴이 기다리고 있었다. 동무들은 멀리서 봐도 알아볼 수 있을 정도로 피부가 빛난다면서, 그를 '먼광치기'라고 불렀다. 이제는 검버섯으로 뒤덮인 피부를 들여다보며 그는 얼굴을 찡그렸다. 할마이는 저것들을 저승 점이라고 불렀지. 그는 평생 영화배우처럼 잘생겼다는 소리를 들었다. 덕분에 여자들 그리고 남자들도 그에게 뜻하지 않은 호의를 베푸는 일이 종종 있었다. 지금 거울 속의 얼굴은 처량하고 지쳐 보였다. 호의는커녕 남의 집 대문간에서 쫓겨나도 할 말이 없을 모습이었다.

식탁 위에는 흰죽과 김치가 놓여 있었다. 그는 죽을 몇 숟가락 뜨다가 식탁 옆에 서 있는 여자에게 물었다.

"네 엄마는 어디 갔니?"

"무릎 수술 받으려고 일주일 전에 병원에 입원했어요. 어제도 말했잖아요."

"무릎은 왜? 어디 다쳤니?"

여자는 한숨을 내쉬었다.

"다친 게 아니고요. 무릎 연골이 닳아서 인공 관절을 집어넣는 수술을 했다고요."

그는 죽을 몇 숟가락 뜨다가 고개를 들어 여자의 얼굴을 바라보았다.

"네 말이 너무 빠르다. 뭐라고 했니?"

"설명해도 아빠는 모르는 일이에요."

그는 고개를 떨구고 죽을 한 숟가락 떠서 천천히 입에 넣었다. 그 모습을 지켜보던 여자가 몸을 돌려 식탁 앞을 떠났다. 그는 여자의 뒷모습을 바라보면서 중얼거렸다.

"그런데 네 엄마는 어디 갔니?"

양경은 요양보호사가 가리키는 쪽을 바라보았다.

"비가 오면 늘 이래요."

현관과 거실이 맞닿은 모서리의 벽이 젖어 있었다.

"부엌 싱크대 아래 찬장 문 보셨죠? 경첩이 반쯤 떨어져서 덜렁덜렁해요. 제가 처음 올 때부터 그랬어요."

양경은 수리할 사람을 부르겠노라고 했다.

"오늘 어르신 샤워했어요."

요양사가 덧붙였다.

"정말 고마워요. 저는 엄두도 못 내는 일인데요."

양경은 진심이었다. 고개까지 숙이면서 고맙다고 다시 인사
했다.

"아이고, 나도 우리 부모라면 못해요. 어르신 혼자서 잘 씻
으세요."

요양사는 오전 열한시에 와서 두시까지 세 시간 동안 근무했
다. 양경의 부모가 기거하는 안방을 청소하고 점심을 차려주고
설거지를 한 뒤 돌아갔다. 일주일에 한 번은 아버지를 씻겨주었
다. 옷 벗는 것을 돕고, 욕실에 있는 목욕용 의자에 앉힌 뒤 물
온도를 확인하고, 아버지의 손에 샤워기를 건네준다고 했다.

"아흔이 넘은 노인이잖아요. 그래도 욕실 들어갈 때는 팬티
를 벗지 않으세요."

요양사가 웃으면서 설명했다.

"어르신은 점잖은 편이에요. 어떤 할아버지들은, 아휴, 말도
마세요."

요양사는 고개를 절래절래 흔들었다. 사십대 후반의 명랑하
고 몸이 잰 사람이었다.

양경은 젖어 있는 벽의 모서리를 유심히 들여다보았다. 몇
겹의 누런 얼룩 위로 물이 흘러내리고 있었다. 사십여 년 전에
들어올 때도 신축은 아닌 집이었으나, 딱히 손볼 데는 없었다.
세월이 흐르면서 집은 낡아지고, 아버지는 늙어갔다. 아버지와
집은 서로에게 갇힌 채 허물어지고 갈라졌다. 어느 순간부터

영영 복구할 수 없는 상태로 변했다. 몇 년 전부터는 아래층에 세를 줄 수도 없게 되었다. 보수도 개축도 하지 않은 낡은 반지하에 들어오려는 이들이 없었기 때문이다. 양경이 자신의 세간을 집어넣으려 몇 년 만에 현관을 열어보았을 때도 잠시 망설여야 했다. 가구를 넣어두면 망가질 것 같은 지경이었다.

한참 건축 붐이 일던 시절에 건축업자가 찾아와 집을 헐고 연립주택을 짓자고 제안한 적도 있었다. 옆집과 동시에 진행해야 하는 사업이라 문제가 복잡했다. 길에서 만나도 서로 멀뚱멀뚱 바라보던 이웃인지라 부딪치는 일들이 많았다. 여러 번 결정을 번복하다가 끝내 아버지는 포기했다. 동네 집들 대부분이 연립주택으로 바뀌어갔으나, 아버지의 집은 그대로였다. 어머니는 건축업자의 제안이 마지막 기회였다고 되뇌곤 했다. 어머니가 말하는 기회가 아버지의 무기력함에서 벗어날 기회인지 집에서 벗어날 기회인지 알 수 없었다. 아마도 둘 다였을 것이다.

사십 년 동안 내내 그러했듯이 아버지는 거실의 안락의자에 붙박여 앉아 텔레비전을 보고 있었다. 그러더니 양경과 이야기를 나누고 있는 요양사를 불러 커피를 달라고 했다. 평소에 양경은 요양사가 있는 시간에는 집을 비웠다. 오늘은 공원 벤치에 앉아 있다가 갑자기 비가 쏟아지는 바람에 삼십 분 정도 일찍 돌아왔다. 양경은 아버지가 오후에 커피를 마신다는 사실을 처음 알았다. 어머니가 없어서 늦게 자러 들어가는 줄만 알았다.

거실을 가로질러 건넌방으로 들어가려는 양경을 요양사가 커피 마시지 않겠냐면서 불러 세웠다. 거절하면 왠지 요양사도 커피를 못 마실 것 같아서 양경은 식탁으로 다가갔다.

"할머니는 언제 오셔요?"

"수술은 잘 끝났는데 재활하는 데 두 달 정도 걸린다네요."

양경이 의자에 앉으며 대답했다.

"할머니랑 저랑 친했어요. 저한테 식구들 얘기 다 했어요. 언니가 공부를 제일 잘했다면서요."

양경은 쓴웃음을 지었다.

"아니, 꼭 그런 건 아니고요."

양경은 자기가 대학을 마치지 못했다고 말하려다가 그만두었다.

"사 년 내내 장학금을 받아서 등록금은 한 번도 내지 않았다고, 할머니가 자랑했어요."

부모가 한 번도 등록금을 내준 적 없는 건 사실이지만 장학금을 받은 적도 없었다. 양경은 당시에는 불법이던 과외를 하면서 돈을 벌었다. 아파트 경비원이나 이웃의 눈치를 보아야 하는 불편함만 제외하면, 쉽게 많은 돈을 벌 수 있는 일이었다.

"어르신은 늘 원산 이야기를 하시거든요."

"아버지 고향이 원산이에요."

"저도 알지요. 어르신의 할머니가 러시아 영사에게 집을 물려받았다면서요? 어떤 목사님은 일본 유학도 보내주셨다면서요? 모두 정말이에요?"

"아마 그럴 거예요."

양경도 미심쩍은 마음에 아버지가 언급한 목사의 이름을 인터넷에서 검색해본 적이 있었다. 실존 인물이었고, 일제강점기에 방언이나 예언 같은 성령 체험을 강조하여 이단으로 분류되던 종파에 속한 목사라는 기록이 있었다. 아버지의 외할머니는 러시아 영사관에서 찬모로 일했다. 신앙심이 두터운 사람이었다. 젊어서 남편을 잃고 딸 하나를 키우며 오직 하나님에게 의지했다. 외동딸이 낳은 첫 아이를 품에 안고 날마다 아침저녁으로 기도하고 찬송했다. 학도병으로 낙동강 전선에 투입된 아버지가 미군의 융단 폭격 속에서 살아남은 것이나, 다리를 다친 탈영병의 몸으로 백두대간을 타고 원산으로 돌아온 것이나 모두 외할머니의 기도 덕분이라고 사람들은 말했다.

양경이 현관에서 요양사를 배웅하고 거실로 들어오니 아버지가 창문 앞에 서서 밖을 내다보고 있었다.

"저 사람이 누구냐? 네 엄마냐?"

우산을 쓰고 마당을 가로질러 걸어가는 요양사의 뒷모습이 보였다.

"요양보호사님이잖아요. 아빠 도와주시러 오는 분이요."

"비가 와서 추리가 떨어지면 어떡하나 지켜보고 있는 거야. 내가 이 집을 지을 때 마당에 저기, 추리나무를 직접 심었지. 봄에는 꽃을 보고, 여름에는 열매를 따 먹고 얼마나 좋니."

아버지가 지은 집은 여기가 아니에요. 빚으로 넘어갔잖아요. 이 집은 집 장사가 지은 집일 것이고, 저 나무는 추리가 아니라 살구나무예요. 아버지가 심은 것도 아니고요. 거의 입 밖으로 나올 뻔한 말들을 삼키며 양경은 신음 같은 한숨을 내쉬었다. 아버지는 아픈 사람이니까 대꾸하지 말라고 아무리 말려도 어머니가 참지 못하고 쏘아붙이던 것을 새삼 이해할 수 있었다.

"내가 열세 살 때 우리 아버지가 돌아가셨어. 그때 뒷마당에 아버지가 심은 추리나무를 보면서, 내가 장남이니 울지 말아야지, 이제부터 내가 우리 가족을 잘 돌봐야겠구나, 했어."

양경은 처음 듣는 이야기였다. 텔레비전 드라마에서 보고 들은 이야기를 자기 기억이라고 믿는 아버지의 망상일지도 몰랐다. 요즘 그런 일이 잦아지고 있었다.

"만주에 가서 아버지 뼛가루를 담은 상자를 갖고 돌아오는데, 열차 타고 가는 사람들이 나를 보고 가엾다고 울지 않겠어."

양경은 치매를 앓기 전의 아버지와는 대화다운 대화를 해본 적이 없었다. 그는 말이 없는 사람이었다. 유일하게 자주 하던 말은 딸들이 가까이 가면 거친 함경도 사투리로 "비케!"라고 내뱉는 것이었다. 저리 가라고, 거기서 비키라는 의미였다. 양경은 어렸을 때 아버지가 집에 있으면 가슴속에 돌덩이가 하나 얹혀 있는 것 같았다. 함부로 웃거나 말할 수 없었다. 어른이 되어서도 집에 전화를 걸었는데 아버지가 받으면 입 밖으로 말이 나오지 않았다. 그러던 아버지가 정신이 혼미해지면서 나날이 온순해졌고 동시에 말이 많아졌다. 양경은 그런 아버지의 모습이 불편했다. 옛날 그대로 차갑고 먼 사람이었으면 했다. 그래서 그에게 연민을 느끼지 않기를 바랐다.

"네 엄마는 어디 갔니?"

"엄마는 병원에 있다고 몇 번이나 말했잖아요."

양경의 말을 이해하지 못한 것인지 아버지의 표정은 변화가 없었다.

"네 엄마를 처음에 산에서 만났지. 내가 산에 올라갔는데 오두막집이 하나 있었어. 거기에 눈이 반짝반짝하는 귀여운 여자가 있지 않겠어. 그래서 같이 가서 살자고 손을 잡고 우리 집으로 데려왔지."

"엄마 말로는 부산 피난 시절에 친구 결혼식에서 아빠를 처음 만났다는데요?"

아버지의 말에 일일이 대꾸하지 않으려고 애썼으나 소용없었다.

"네 엄마는 언제 오니? 생각해봐라, 우리는 평생 한 번도 떨어져서 살아본 적이 없단 말이다."

거짓말 마세요. 일본에 출장 가면 늘 한두 달씩 집을 비웠으면서. 양경은 혼자 중얼거리면서 자기 방으로 들어갔다.

그는 자신이 눈을 뜨고 있는지 아닌지 알 수 없었다. 주위가 너무 캄캄했다. 손을 올려 얼굴을 만져보다가 옆자리를 더듬어보았다. 아내는 그곳에 없었다. 그는 어쩌면 자기가 죽었을지도 모른다고 생각했다. 몸을 뒤척여보다가 옆으로 돌아누웠다. 관절들이 녹슨 경첩처럼 일제히 삐그덕거렸다. 팔을 들어 올리거나 다리를 접을 때마다 삭은 고무줄인 양 근육이 맥없이 끊길 것 같았다. 건강할 때는 이토록 몸을 의식하지 못했다. 마음만으로도 얼마든지 움직일 수 있었다.

하늘에서 항아리만 한 폭탄들이 쏟아져 내리던 때가 떠올랐다. 폭음과 함께 뜨거운 쇠붙이가 허벅지를 스치고 지나갔다. 귀가 먹먹해지고 세상이 눈앞에서 하얗게 지워졌다. 고통이라는 감각을 느낄 새도 없이 충격이 몸 전체를 뒤흔들었다. 비명도 나오지 않았다. 정신을 차린 뒤에야 허벅지에 통증이 느껴졌다. 다리가 떨어져 나갔으리라는 공포를 억누르며 그는 참호 속에서 고개를 들어 뒤돌아보았다. 눈보다 먼저 손이 핏물로 범벅이 된 다리를 확인하고 있었다. 달아나려 하는데 몸이 말을 듣지 않았다. 그는 자신이 단지 몸 안에 갇힌 존재임을 그때 깨달았다.

벽에 걸린 시계가 보이지 않았다. 불을 켜야지. 어둠 속에서 그는 생각했다. 이상하게도 검불처럼 가벼운 몸이 무겁고 단단한 젊은 몸보다 더 움직이기 힘들었다. 몸은 침대를 누르다 못해 바닥으로 가라앉고 있었다. 시간은 어디론가 흘러가서 사라진 게 아니라 자기 몸 위에 층층이 쌓여 있었다. 젊어서는 과거가 뒤로 물러나고 현재가 앞으로 나아간다고 생각했다. 미래는 당연히 저기서 기다리고 있을 더 나은 시간이어야 했다. 강물보다 빠르게 흘러가던 시간은 참혹한 삼 년 전쟁의 기억조차 말끔히 씻어버렸다. 정말로 그런 줄 알았다. 하지만 눈앞에 남은 미래가 거의 소진되자 시간의 실체가 보이기 시작했다. 미래는 결코 경험할 수 없었고 현재는 과거에 먹혀버렸다. 이제 그가 느끼는 것은 몸 위에 쌓여 있는 과거뿐이었다.

벽을 한참 더듬어 찾다가 스위치를 올렸다. 형광등 불빛 아래 이불이 젖혀진 침대가 드러났다. 시간을 확인하려 벽을 바라보았으나, 시계는 늘 걸려 있던 자리에 없었다. 텅 빈 벽을 멍하니 바라보다가 갑자기 어지럼증이 몰려왔다. 그 자리에 서 있는 사람이 자기 자신인지 아닌지 알 수 없었다. 붙잡고 물어볼 사람도 주위에 없었다. 그는 닫혀 있는 방문을 열어보았다. 어두웠다. 자신을 확인해줄 사람을 찾아 그는 벽을 더듬으며 나아갔다. 몇 걸음 걷자, 마주 보이는 저쪽에 불빛이 보였다. 열린 문틈으로 새어 나오는 빛이었다. 그는 머뭇거리면서 문을 조금 밀어보았다. 방 안은 환했고, 책상 앞에 사람이 하나 앉아 있었다. 작은 직사각형 화면으로 빨려 들어갈 듯 열중해 있는 낯선 여자였다.

"깜짝이야!"

문 앞에 우두커니 서 있는 그를 발견하자 여자가 의자에서 일어났다.

"아빠, 왜요? 무슨 일이에요?"

그는 여자의 분홍색 티셔츠를 멍하니 바라보았다. 흑백의 세상 밖 총천연색 세상과 마주한 느낌이었다.

"네 엄마는 죽었지?"

"그게 무슨 말이에요? 엄마가 왜 죽어요?"

그는 책상 앞에 서 있는 여자를 향해 주춤주춤 몇 걸음 다가갔다.

"엄마가 병원에 입원해서 내가 여기 와 있는 거잖아요."

"그럼, 관에 넣어서 땅에 묻은 사람은 누구지?"

"누구를 땅에 묻었다는 거예요? ……아, 할머니요? 할머니는 돌아가신 지 삼십 년이 넘었어요!"

여자가 다가와 그의 팔꿈치를 잡고 부축했다.

"내 동생들은 어떻게 됐어?"

"고모랑 삼촌들이요?"

"아니, 내 동생들."

그는 여자의 손을 뿌리쳤다.

"큰고모는 미국에……"

"여자들 말고 동생들 말이야, 남자들!"

그가 말을 끊자, 여자가 한숨을 내쉬었다.

"아빠…… 여자들은 동생이 아니에요?"

"내가 아들을 못 낳아서 조상들에게 죄를 지어서 그래. 내 동생들은 아들을 낳았니?"

여자가 몇 걸음 뒤로 물러나면서 그를 노려보았다.

"지금 자기 딸 앞에서 그런 말을 해요?"

그는 여자를 멍하니 바라보았다.

"네 엄마는 죽었어?"

"안 죽었어요."

그가 몸을 돌리려 방 밖으로 나가려다가 잠시 멈칫했다.

"내가 그래도 남자인데 혼자 어떻게 살겠니. 살림 잘하는 얌전한 여자를 구하라."

"뭐라고요?"

"그 큰 침대에서 혼자 추워서 어찌 자겠나. 그러니 여자를……"

"엄마 안 죽었다니까! 그만해, 정말!"

여자가 고함을 질렀다.

양경은 아버지의 얼굴이 하얗게 질리는 것을 보았다. 그러나 말을 멈출 수 없었다. 누구는 태어나고 싶어서 태어난 줄 알아요? 한번 시작된 원망은 끝없이 튀어나왔다. 머리나 가슴이 이끄는 게 아니라 혓바닥이 혼자 움직이는 것 같았다. 아버지는 엉거주춤 서서 양경의 격앙된 목소리를 듣고 있었으나, 거의 아무것도 이해하지 못하는 것처럼 보였다. 화내지 말라. 이따금 아버지는 가냘픈 목소리로 말했다. 이제 그만하라.

그때 아빠가 나에게 물어봤잖아요. 네 눈에는 내가 쓰레기처럼 보이냐고, 그래서 내가 그렇다고 대답했더니, 아빠가 내 뺨을 때렸어요. 나는 집에서 나와 한 달 동안 독서실 바닥에 담요를 깔고 잤어요. 아무도 나를 찾지 않았어요. 미경 언니가 나를 찾으러 올 때까지. 아버지는 겁먹은 어린아이의 표정으로 양경을 바라보고 있었다. 우리 부모는 교육을 잘 받은 사람들이었어. 그게 무슨 상관이에요? 아빠는 자식 교육을 제대로 시키지도 못했으면서? 한번 급류를 탄 독기는 거침없이 흘러나왔다. 이제 그만하라. 너 목 아프겠어. 아버지는 몸을 돌려 방문을 향해 비틀거리며 걸어갔다.

내가 하는 말을 못 알아들었죠? 무슨 말인지 하나도 모르겠죠? 양경은 방문을 나서는 아버지의 뒤를 쫓듯 소리쳤다. 당신이 싫다는 이야기야. 나는 당신이 정말 싫어! 양경이 손잡이를 잡고 방문을 거칠게 닫으려는 순간이었다. 어둠 속으로 사라졌던 아버지가 유령처럼 다시 나타났다. 그러더니 양경을 향해 손바닥을 내밀었다. 이거 먹어. 아주 달아. 양경은 아버지의 손바닥 위에 놓인 것을 들여다보았다. 노란색 포장지에 싸여 있는 허브 캔디였다. 양경은 발을 구르며 소리쳤다. 가요. 어서 방에 가서 잠이나 자라고요.

방문을 닫은 뒤 양경은 침대 위에 누웠다. 천장을 바라보며 심호흡했다. 이를 악물고 눈물이 쏟아지려는 것을 참았다. 얼음처럼 차가운 마음이 녹을까 봐 무서웠다. 그건 단단하게, 서슬 퍼렇게, 죽을 때까지 그 자리에 있어야만 했다. 그게 녹아버리면 자신이 무너질 것 같았다. 그러고 있노라니 냉기가 온몸으로 퍼진 듯 피부가 욱신거리며 아팠다. 동시에 명치 끝이 타는 듯 뜨거워졌다. 양경은 침대에서 일어나 점퍼를 걸쳤다. 밖으로 나가 걸어 다니기라도 해야 진정이 될 것 같았다.

거실을 지나가다 보니 안방에는 여전히 불이 켜져 있었다. 양경은 방문을 열고 들여다보려다가 그만두었다. 그 순간에는 아버지 얼굴을 다시 보고 싶지 않았다. 소리 나지 않게 현관문을 열고 밖으로 나갔다. 낮에 내리던 비는 이미 그친 뒤였다. 아무도 없는 어두운 길을 따라 동네를 한 바퀴 돌았다. 가로등이 켜져 있는 놀이터의 느티나무 아래 벤치에 가서 앉았다. 양경은 칠이 벗겨진 미끄럼틀과 줄이 단단히 묶여 있는 녹슨 그네를 멍하니 바라보았다. 이제 이곳으로 놀러 오는 아이들은 없었다. 낡고 망가진 기구들 때문이 아니라 동네 어디에서도 어린아이들이 통 보이지 않았다.

후두둑 빗방울이 떨어지기 시작했다. 양경은 우두커니 앉아서 노인의 광기와 어린아이의 외로움에 대해 생각했다. 빗방울이 나뭇잎에 부딪히는 낮고 부드러운 소리를 들으며 앉아 있었다. 일어나고 싶지 않았다. 한참 그렇게 앉아 있어도 괜찮을 것 같았다. 양경은 아이가 되어버린 아버지가 있는 집으로 가기 싫었고, 그 집에 갇혀 아이처럼 여전히 부모 탓을 하는 자기 자신도 싫었다. 빗속에 앉아 몸이 젖기를 기다렸다. 녹지 않으려 애쓰던 마음이 빗물에 흘러가기를 기다렸다.

그는 현관문을 열고 나가는 여자의 뒷모습을 보았다. 아내이거나 딸일 것이다. 누구든 여자가 혼자 한밤중에 밖에 나가는 건 위험한 일이었다. 그는 여자를 말려야겠다고 생각했다. 마음은 조급했으나 몸이 잘 움직여지지 않았다. 마침내 그가 현관문을 열고 내다보았을 때 이미 마당에는 아무도 보이지 않았다. 그는 문 앞에 세워져 있는 지팡이를 짚고 조심스럽게 계단을 내려갔다. 대문을 열고 나와 가로등이 비추고 있는 인적 없는 길로 몇 걸음 들어섰다. 이렇게 어두운 길을 혼자 걸어 새벽 기도하러 가는 아내에게 갑자기 화가 났다. 아내를 찾아 집에 데려올 마음으로 걸음을 재촉했다.

골목 어귀까지 걷다가 그는 문득 밤하늘을 올려다보았다. 희

뿌연 구름이 장막처럼 드리워져 있어 별도 달도 보이지 않았
다. 이마를 스쳐 지나가는 바람이 선득했다. 순간 그는 자기
가 왜 어둠 속에 서 있는지 알 수 없었다. 주위를 둘러보았다.
길 위에 오가는 사람도 보이지 않았다. 여기가 어디지? 원산인
가? 낯선 곳에 너무 오래 서 있었다. 그는 골목을 벗어나지 못
했다. 뒤돌아서서 불빛이 보이는 쪽으로 걸음을 옮겼다. 언제
부터인가 그는 자신을 믿지 않았다. 시간이라는 끈에 가지런히
꿰어져 있는 것이 기억인 줄 알았다. 이제 끈은 끊어져버렸고
믿음도 흩어졌다.

멀리서 자동차의 불빛이 다가오는 게 보였다. 그는 차를 피
하려 서둘러 담벼락에 몸을 붙였다. 개가 짖기 시작했다. 차가
지나간 뒤에 허겁지겁 담벼락에서 떨어지려다가 그만 넘어지
고 말았다. 몸을 일으키려 했으나, 손에 들고 있던 지팡이를 놓
쳐버렸다. 후두둑 빗방울이 떨어지기 시작했다. 그는 바닥을
손으로 더듬으면서 엉금엉금 기어갔다. 몸을 일으킬 힘이 없기
도 했으나, 더 안전한 자세를 취해야 한다는 본능을 따랐다. 그
는 완전히 몸 안에 갇힌 채 몸의 명령을 따르게 되었다. 몸 밖
으로 나와 다른 사람의 눈으로 자신을 바라보는 법을 잊었다.
빗줄기가 굵어지고 있었다. 너무 추워서 견딜 수 없었다.

빗속에서 네발짐승처럼 기어가다가 마침내 그는 대문이 활
짝 열려 있는 낯익은 집 앞에 이르렀다. 그는 누군가가 조심성

없이 문을 열어놓은 것에 화가 났다. 틀림없이 아내일 것이다. 현관문도 열려 있었다. 안방 창문에서 환한 빛이 새어 나오고 있었다. 아직 돌아오지 않는 그를 아내가 기다리고 있는 것일 테다. 그는 덜덜 떨면서 마당을 가로질렀고, 계단을 간신히 올라갔다. 현관문을 닫고 문을 단단히 잠갔다. 집 안은 캄캄했고 고요했다. 그러나 불이 환히 켜져 있는 안방에 아내는 없었다. 그는 너무 지쳐서 더는 아무 생각도 할 수 없었다. 모든 상황을 하나의 사실로 받아들였다. 그는 젖어서 물이 뚝뚝 떨어지는 옷을 대충 벗고 이불 속으로 들어갔다.

추위에 떨며 웅크리고 있는 그를 누군가가 흔들어 깨웠다. 이제 일어나기요. 자줏빛 댕기를 드리운 처녀였다. 그는 잠결에 기억을 더듬어보았다. 국군 토벌대에게 쫓겨 동료들과 흩어진 게 통천 부근이었다. 몇 날 며칠 산을 타고 무조건 북쪽으로 향했다. 비가 부슬부슬 오는 밤이었다. 춥고 너무 배가 고파 산속의 외딴집 문을 두드렸다. 하룻밤만 재워달라고 통사정했으나 가차 없이 쫓겨났다. 갈 곳이 막연하여 울타리 밖에서 서성이고 있는데 웬 처녀가 그에게 다가왔다. 처녀는 그를 데리고 옥수수밭 한가운데에 김치움처럼 파놓은 구덩이로 갔다. 군인들에게 곡식을 빼앗기지 않으려 숨겨놓던 곳인 듯했다. 처녀는 그에게 그 속에 들어가 숨어 있으라고 했다. 그게 어젯밤의 일이었다.

우리 아바지가 원래 그리 사무러운 사람이 아님메. 서로 죽고 죽이는 이런 세상에 인민군 동지를 어이 집에 들이겠소. 그는 처녀가 들고 온 삶은 감자와 옥수수를 허겁지겁 먹었다. 동지를 보니 어려서 죽은 동생 생각이 나지 않겠음. 그 아이도 살았으면 열여덟은 되었을 나인데. 바구니를 챙겨 돌아서려는 처녀에게 그는 송도원의 붉은 벽돌집 동순남 씨를 찾아가, 자기가 여기에 숨어 있다는 것을 알려달라고 부탁했다. 러시아 영사관 집을 물어보면 다들 알 거우다. 동순남은 그의 외할머니 이름이었고, 원산은 십 리가 채 안 되는 거리였다. 알았다고 돌아서는 처녀의 곱게 땋은 머리채를 바라보면서 그는 애걸했다. 꼭 부탁하우다. 신세는 꼭 갚음메. 그는 처녀가 할머니를 데려오면 함께 원산으로 가자고 할 참이었다. 이런 산골짝보다 좋은 것이 얼마나 많은지 먹을 게 얼마나 넘쳐나는지 자기 집이 얼마나 부자인지 보여주고 싶었다.

축축한 움 속에서 몸을 웅크린 채 그는 다시 잠들었다. 꿈속에서 따뜻하게 데운 흰 젖을 연신 들이켰다. 아침마다 할머니가 짜서 그에게만 주던 염소젖이었다. 이게 소젖보다 좋은 거임메. 할머니는 그렇게 말하곤 했다. 아무리 마셔도 추위와 배고픔은 가시지 않았으므로, 그는 처녀와 할머니가 자신을 데리러 오기만을 기다리고 또 기다렸다.

출간기념 파티

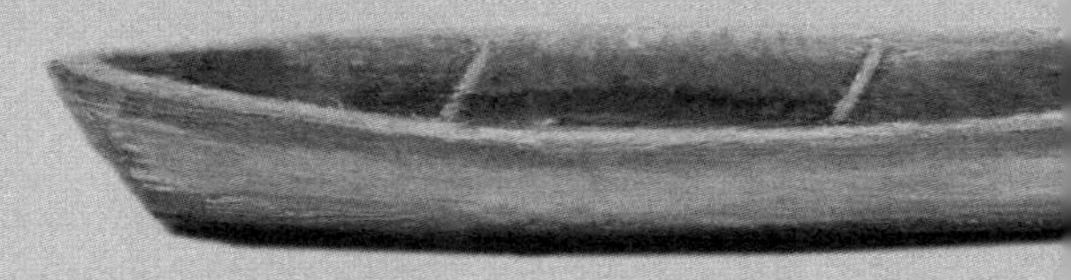

출간기념 파티

이거 햅쌀입니다.

사양하는 말 한마디를 할 새가 없었다. 강 화백이 수녕의 차 바로 앞까지 쌀자루를 손수 들고 왔기 때문이다. 황급히 트렁크를 열었다.

섬 쌀이라 맛있을 거요.

감사합니다. 감사합니다.

수녕은 연거푸 고개 숙여 감사하는 것으로 작별 인사를 대신했다.

또 봐요.

손을 흔들고 서 있는 강 화백을 백미러로 흘낏 바라보면서 수녕은 시동을 걸었다. 미술관 진입로를 빠져나오면서, 정말 또 볼 일이 있을까, 잠깐 의심해보았다.

아파트 주차장에 차를 세우고 엘리베이터 앞에 섰을 때, 자동차 트렁크 안의 쌀자루가 생각났다. 다시 주차장까지 다녀오니 엘리베이터는 그새 17층까지 올라가 있었다. 안고 있던 쌀자루를 바닥에 내려놓으려는데 엊그제 꾼 꿈이 기억났다. 꼭 지금처럼, 들고 있던 쌀자루를 엘리베이터 옆 바닥에 내려놓았다가 그것을 잊은 채 빈손으로 집에 와버린 꿈이었다. 후회와 안타까움에 휩싸여 잠에서 깼다. 예지몽이었나? 수녕은 내려놓으려던 쌀자루를 그대로 품에 안고 엘리베이터를 기다렸다.

강 화백을 다시 만난 건 거의 육 년 만이었다. 어제 강 화백의 이름이 수녕의 폰에 떴을 때 잠깐 기억을 더듬어야 했다. 강 화백은 아직도 파주에 사느냐고 물었다. 얼마 전에 근처로 이사했다는 수녕의 말에 강 화백은 내일 파주 쪽 미술관에 일이 있다면서, 멀지 않으면 만나서 점심이나 먹자고 했다.

미술관 주차장에서 만난 강 화백은 그새 머리카락이 반백이 되어 있었다. 다큐멘터리 찍는 영화감독이라며 옆에 서 있던 사람을 수녕에게 소개했다. 다큐 감독은 키가 크고 서글서글한 인상이었다. 강 화백이 수녕을 가리키며 이쪽은 소설가 선생님, 이라고 말했다. 감독이 내미는 손을 잡으면서 수녕은 소설가가 아니라 번역가라고 정정하려다가 이내 말을 삼켰다. 얼마

전에 두번째 소설집의 출간 계약을 했던 터였다. 해물칼국수를 먹으러 가서는 주로 강 화백과 다큐 감독이 말을 주고받았다. 수녕이 처음 듣는 이름들이 언급되었고, 앞뒤 맥락을 짐작할 수 없는 촬영에 대해 논의했다. 대화에 끼어들지 못한 수녕은 조금 전 들은 감독의 이름을 검색해보았다. 전지형. 다큐멘터리 몇 편의 제목이 떴다. 무슨 상을 받았다는 기록도 있었다.

식당에서 나와 강 화백이 주차장으로 차를 빼러 갔다. 강 화백이 아는 카페에 잠깐 들러 커피를 마시기로 했다. 수녕과 전 감독은 어색하게 나란히 서 있었다. 강 화백의 SUV가 굉음을 내며 빠른 속도로 후진하는 걸 보고 수녕이 혼잣말처럼 중얼거렸다.

과격하시네.

저 연세에.

수녕과 전 감독은 마주 보고 웃었다.

강 화백의 SUV가 다가왔다. 세 사람은 가까운 카페로 옮겨 짧게 차를 마셨다. 집으로 돌아오면서 수녕은 강 화백이 전 감독과 점심 약속 자리에 자기를 불러낸 이유가 궁금했으나, 길게 생각하지 않았다. 언제나 특별한 이유가 없는 사람이었다.

며칠 뒤 강 화백에게서 카톡이 왔다. '전 감독이 양 선생 연락처를 묻길래 알려줬어요. 부탁할 일이 있답니다.' 마침 두번째 책 출간 날짜가 정해졌다고 통보받은 날이었다. 편집자는 가능한 한 수정 원고를 빨리 보내달라고 독촉했죠. 바쁘다는 핑계와 고친다고 달라질 것도 없다는 자괴감으로 미루던 일을 더는 피할 수 없다는 의미였다. 소설집의 해설을 써줄 평론가를 찾는 일도 걱정이었다. 거의 십 년 만에 두번째 책을 내는 무명 소설가의 글을 누가 읽어줄 것인가. 마음이 복잡한 터라 수녕은 강 화백의 메시지를 곧 잊었다.

며칠 뒤 낯선 번호로 전화가 왔다. 전 감독이었다. 다음 주 월요일에 섬에 있는 작업실에 가려는데 같이 가지 않겠느냐고 물었다.

작업실이요?

강 화백님이 섬으로 작업실을 옮겼잖아요.

그러고 보니 수녕도 언젠가 소식을 전해 들은 기억이 어렴풋했다.

양 선생님도 쌀 받았죠? 그러니 섬에 한번 가봐야죠.

무슨 억지인가 싶었지만, 수녕은 그러겠다고 대답했다. 배를 타고 섬에 간다는 데 우선 마음이 기울었다. 바람을 쐬고 오면 원고가 잘 풀릴지도 모른다는 핑계도 생각해 냈다.

육지로 돌아오는 마지막 배가 오후 세시 반이라, 아침 일찍 들어가는 첫 배를 타기로 했다. 어차피 가는 길이라며 전 감독이 데리러 오겠다고 했다. 월요일 아침이 되었을 때, 수녕은 잠시 망설이다가 자신의 첫번째 책을 가방에 챙겨 넣었다. 아직

동트기 전 이른 시각이었다. 아파트 주차장으로 내려가 전 감독의 차를 기다렸다.

요즘은 소설을 통 읽지 않아서요. 어떤 소설을 쓰셨어요?

차가 고속도로로 진입하자 말없이 운전에 열중하던 전 감독이 물었다.

소설을 많이 쓰지는 않았어요. 제목을 말씀드려도 잘 모르실 거예요.

수녕은 무릎 위에서 자꾸 미끄러지는 가방을 위로 끌어올렸다. 소설이라는 단어만 나오면 변명하는 말이 튀어나왔다. 못난 마음은 버렸다고 생각했는데 몸에 밴 습관은 쉽게 사라지지 않았다.

요즘 강 화백님 그림을 촬영하고 있거든요.

그림 작업하시는 걸 찍나 봐요?

무엇을 그릴 것인지 고민하고 준비하는 화가의 일상 같은 거지요. 작품 하나를 완성하는 과정을 기록하고 싶어요.

전 감독은 잠시 말을 멈추었다.

예술가에 대한 일반적인 이야기를 하고 싶은데 자꾸 강 화백님 개인에게 초점이 맞춰져서 고민이에요. 양 선생님이 도와주실래요?

제가 뭘요?

다큐도 작가가 있어야 하거든요.

뜻밖의 제안이었다. 작업 자체는 흥미로워 보였으나 엄두가 나지 않았다.

영상 쪽 원고는 한 번도 써본 적이 없어요. 저는 못해요.

수녕은 단박에 거절했다.

선착장에 도착할 때까지 두 사람은 아무 말도 하지 않았다. 표를 사고 나서도 한 시간 가까이 시간이 남았다. 전 감독이 아침을 안 먹었다면서 매표소 근처 가게로 들어갔다. 구멍가게와 동네 편의점을 합쳐놓은 곳 같았다. 손님 하나가 구석 탁자에서 양은 냄비에 담긴 라면을 먹고 있었다. 수녕은 배고프지 않았으나 냄비에 끓인 라면을 보니 먹고 싶어졌다. 두 사람은 라면을 주문하고 아직 불을 피우지 않아 싸늘한 난로 옆에 자리를 잡았다.

파주에는 언제부터 사셨어요?

침묵이 부담스러워 수녕이 물었다.

남편이 직장 옮기면서 갔으니까, 삼 년 된 거 같아요.

그럼, 제가 이사 나올 즈음에 들어가신 거네요.

주문한 라면이 나와서 대화를 멈추었다. 수녕은 라면을 반 이상 남겼다. 기대와는 달리 면발이 덜 익었고 너무 짰다. 왜 그만 먹느냐고 묻는 전 감독에게 수녕은 빈속으로 배를 타면 멀미할까 무서워서 조금 먹어둔 거라고 변명했다. 난바다로 나가는 게 아니라서 멀미 걱정은 안 해도 된다고 하면서, 전 감독도 금세 젓가락을 내려놓았다.

배를 향해 성큼성큼 걷는 전 감독의 뒤에서 수녕은 몇 걸음 떨어져 걸었다. 굽실굽실한 긴 머리카락이 바람에 휘날렸다. 카메라 장비가 든 배낭이 꽤 무거워 보였음에도 뒷모습이 꼿꼿했다. 처음 만났을 때 악수를 청하던 전 감독의 억센 손아귀 힘이 기억났다. 전 감독이 결혼한 사람이라는 게 수녕에게는 의외였다. 아무 근거 없이 혼자 사는 사람일 거라고 짐작했다. 어색한 상황에서 쉽게 미소를 짓거나 실없는 이야기를 꺼내지 않는 단단함 때문이었을까. 편견일 테지만 수녕의 마음속에서 비혼과 기혼의 느낌은 난바다와 앞바다만큼이나 달랐다.

한 시간 반 남짓 걸려 배가 섬에 닿았다. 선착장으로 걸어 나가니 강 화백이 기다리고 있었다. 작업실은 섬의 안쪽으로 차를 타고 십오 분쯤 더 들어간 곳에 있었다. 추수를 끝낸 들판 한 귀퉁이에 농산물 창고처럼 보이는 조립식 건물이 서 있었다. 뒤로는 소나무 숲이 우거진 야산이 보였다. 강 화백은 섬에서 어업에 종사하는 사람은 없고 주로 벼농사를 짓는다고 했다. 배를 갖고 있는 사람도 별로 없다고 덧붙였다.

전 감독도 여기 작업실은 처음이지요? 와봤던가?

강가에 나가면 철조망이 보이던 작업실에는 가봤어요.

카메라 삼각대를 설치하면서 전 감독이 대답했다.

문산 작업실에 와봤군요.

수녕은 전시회에서 본 강 화백의 그림을 떠올렸다. 철조망에 감긴 강물이 시퍼렇게 몸부림치고 있고 그 위로 사람 같기도 하고 빨래 같기도 한 형체가 여기저기 널려 있는 풍경이었다. 강 화백의 그림에는 철조망이 자주 등장했고, 도록의 해설에는 분단의 아픔이라는 말이 들어 있었다.

섬으로 들어간다고 하셔서 바다가 보이는 곳에 작업실이 있을 거라고 상상했어요.

수녕의 말에 강 화백이 손사래를 쳤다.

내가 바닷가에서 태어났잖소. 질리도록 본 게 바다요. 여기 들어온 것은 자가 격리를 한다는 차원이었지.

격리는…… 왜요?

세상에 휩쓸리다 보니 바닥이 드러나더라고. 우물이 마르면 새 우물을 파야 하지 않겠소.

수녕은 강 화백의 말을 잠시 새겨보았다. 새 우물을 판다는 말은 이제껏 천착한 주제에서 벗어나고 싶다는 뜻인가.

내가 철조망도 그리고, 중음신으로 떠도는 이들도 그리고, 한참 전에 걸개그림 할 때는 낫과 죽창도 그리고, 다 그려봤잖소. 사람들이 내 그림을 보고 그러더만. 분단의 아픔을 그린 거라고.

강 화백의 말에 전 감독이 정색했다.

분단이라는 주제를 많이 다루셨잖아요?

그림은 몸으로 그리는 거요. 몸이 아프니 아픈 것을 그리는 거지. 안 아픈데 억지로 아프게 해서 그리는 건 아니란 말이지. 내가 일부러 철조망이 보이는 동네로 작업실을 옮겼겠소? 학교 선생 그만두고 그림 그리려고 하는데 집값 비싼 데로 갈 여유가 어디 있겠어요. 싼 곳을 알아보러 다녔는데, 대한민국에서 땅값이 똥값인 곳이 다 철조망 근처더라고. 그렇게 얻은 곳에서 몇 걸음만 나가면 철조망이 보이는데, 명색이 화가란 자가 그걸 그리지 뭘 그리나.

수녕은 답답함을 느꼈다.

화가가 반드시 아픔만을 그려야 하는 건 아니잖아요?

강 화백이 수녕을 물끄러미 바라보았다.

물론 이제는 철조망을 봐도 아픔을 느끼는 사람이 없어요. 당연히 그 자리에 서 있는 경계선이 되었어요. 분단의 아픔을 느끼는 사람이 아무도 없다는 게 이제는 제일 큰 아픔일지도 몰라요. 시절이 바뀐 거지.

작업실에서 차를 마신 뒤 소나무 숲이 우거진 얕은 언덕을 넘어 바닷가 쪽으로 걸어 나갔다. 머릿속으로 상상하던 흰 모래가 깔린 해변은 보이지 않았다. 짙은 잿빛 뻘밭이 넓게 펼쳐져 있었다. 경운기가 다닐 수 있을 정도로 단단한 개펄이라고 했다. 수녕은 까마득히 멀어진 바닷물이 수평선을 이루고 있는 광경을 바라보았다.

며칠 전에 여기서 해 지는 걸 봤어요. 아름답더라고. 나는 평생 아름다움이 불편했소. 노을이 아름답다는 건 노을이 아닌 자가 느끼는 거요. 아름다움에는 그런 함정이 있어요. 하지만 아픔은 스스로 아픈 처지가 되어야 아는 거지요.

수녕에게 강 화백의 말은 의외였다. 화가는 아름다움에 민감하고 가장 이끌리는 사람인 줄 알았다.

새삼스러운 질문이지만, 그림은 어떻게 그리기 시작하신 거예요?

강 화백이 허허롭게 웃었다.

초등학교 다니기 전이었을 텐데, 내가 굿판에 있었어요. 구경 나왔겠죠. 굿판 중심에 누군가가 커다란 깃발을 들고 있었는데 그림이 그려져 있더라고요. 바람이 세게 불어서 깃발이 펄럭이다가 둘둘 말리는 바람에 그림이 잘 안 보였어요. 그런데 어린 마음에 너무 궁금한 거라. 굿이 끝나고 내려놓은 깃발에 달려가서 내가 낑낑거리며 들춰보려 했는데 힘이 모자라 못 봤어.

나중에도 못 보셨어요? 전 감독이 물었다.

못 봤지요.

집으로 돌아오는 길에 전 감독이 혼잣말처럼 중얼거렸다.

나는 강 화백님을 잘 모르겠어요.

……

　미술관에서 강연하실 때 누군가가 물어봤거든요. 분단을 주제로 삼은 이유가 무엇이냐고. 그랬더니 젊었을 때 축구하다가 허리를 다치셨대요. 수술을 받고 누워 있으면서 허리가 꺾인다는 게 이런 거구나, 했대요. 그때 분단의 아픔을 몸으로 느끼셨다는 거예요.

　수녕이 웃음을 터뜨리자, 전 감독도 따라 웃었다.

　분단을 계속 염두에 두고 있으면 그럴 수도 있지 않을까요?

　아. 이렇게 정리해줄 작가님이 필요해요.

　강 화백을 잘 모르겠다는 마음은 수녕에게도 있었다. 잊을 만하면 한 번씩 연락해서, '내가 당신 사는 집 근처에 왔으니, 밥이나 같이 먹자' 하는데 영문을 알 수 없었다. 이유도 목적도 없었다. 어떤 날은 나갔더니 수녕이 전혀 모르는 사람 여럿과 함께 있어서 난감한 적도 있었다. 어색한 상황을 여러 차례 겪다 보니, 그게 꼭 불편하기만 한 것은 아니라는 생각도 들었다. 규정할 수 없는 우연한 관계들이 세상과의 접촉면을 넓히는 느낌이 있었다.

　처음 다큐 이야기를 들었을 때 수녕은 자기가 할 수 있는 일이 아니라고 생각했다. 하지만 섬에 들어갔다 나오면서 점점 호기심이 커졌다. 차에서 내리기 직전, 수녕은 가방 속에 들어 있는 책을 전 감독에게 건넬까 말까 망설이다가 그만두었다.

크게 중요한 일은 아니었다.

　전 감독이 찍어준 주소의 목적지에 가까워지자, 공장 건물이 늘어선 언덕이 나타났다. 도로 상태가 좋지 않아서 수녕의 경차는 비포장도로를 달릴 때처럼 덜컹거렸다. 언덕 꼭대기에 이르렀을 때, 조립식 건물 두 채가 기역 자로 이어져 있고 그 앞에 차 두세 대가 들어갈 넓이의 마당이 있는 공간이 나타났다. 간판은 없었으나, 마당에 흰색 녹색 붉은색 깃발이 달린 대나무가 세워져 있어서 한눈에 굿당임을 알 수 있었다.

　근처 공터에 차를 세우고 굿당 안으로 걸어 들어갔다. 약속 시간인 열시가 채 안 된 시각이었다. 전 감독의 모습은 보이지 않았다. 폰을 확인해보니 카톡이 와 있었다. '갑자기 집안일이 생겨서 못 가요. 만신에게 작가님 간다고 전했어요.' 수녕은 난감했다. 일찍 연락을 줬으면 수녕도 굳이 여기까지 오지 않았을 터였다. 카톡이 아니라 직접 전화를 했으면 도중에 돌아가기라도 했을 것이고. 하지만 정말 되돌아갔을까? 전 감독 덕분에 나선 길이지만 수녕은 언제든 제대로 된 굿을 보고 싶다고 벼르고 있었다. 마침 예전에 전 감독이 진혼굿을 찍을 때 알게 된 김 만신이 특별한 굿을 한다고 했다. 전 감독은 강 화백과 김 만신을 연결해서 다큐를 풀어가고 싶어 했다.

　가을에서 겨울로 접어드는 스산한 날씨였다. 잠자리 날개처럼 고운 빛깔의 한복을 입은 젊은 여성들이 마당을 분주히 오고 갔다. 악기와 무구를 나르는 흰 두루마기 차림의 남성들도 눈에 띄었다. 굿이 시작되려면 조금 기다려야 할 것 같았다. 자주 하는 굿이 아니라는 말을 들었을 뿐 수녕은 구체적 내용을 알지 못했다. 연분홍색 한복을 입은 오십대 여성이 소복 차림의 젊은 여성과 함께 나타났다. 품위와 위엄이 깃든 얼굴을 보고 수녕은 그가 만신일 것이라 짐작했다. 두 사람은 굿당 여기저기를 돌면서 기도하며 치성을 드렸다. 수녕은 눈치껏 따라다니면서 구경했다.

장구와 징, 꽹과리 피리 소리가 흥을 돋우면서 마당에서 본격적인 굿판이 벌어졌다. 가사 내용은 이해할 수 없었으나 방울 소리와 어우러지는 만신의 구성진 무가가 듣기 좋았다. 동서남북의 산신령님과 용왕님 장군님을 청하고 모시는 품새로 볼 때 젊은 여성이 신내림을 받는 굿인 듯했다. 꽹과리 소리가 빨라지면서 젊은 무녀가 방울과 부채를 들고 하늘로 솟구치듯 뛰기 시작했다. 누가 왔느냐, 누가 왔다, 이런 문답이 이어지면서 무녀는 계속 옷을 갈아입었고 그에 따라 목소리와 태도가 달라졌다. 유독 기억에 남은 장면은 젊은 무녀가 갑자기 새된 목소리로 '저 예쁜 옷을 입고 싶어요!' 하고 소리쳤을 때였다. 무녀가 가리킨 것은 레이스와 깃털로 겹겹이 장식한 분홍빛 날개옷이었다. 만신의 얼굴에 엷은 미소가 스쳤다.

한 차례 굿이 끝나고 사람들이 주방으로 밥을 먹으러 들어갔다. 그만 집으로 돌아가려는 수녕의 발걸음을 만신이 불러세웠다. 갈 때 가더라도 점심을 먹고 가라고 했다. 수녕은 주춤주춤 주방에 붙은 방으로 들어갔다. 두레상이 세 개 펼쳐져 있었고, 상마다 너댓 명의 사람들이 앉아서 밥을 먹고 있었다. 사람들 사이에 끼어 앉아서 밥을 먹다가, 그 자리에 있는 이들이 모두 오늘 굿의 주인공인 젊은 무녀의 가족임을 귀동냥으로 알게 되었다. 친정 식구들, 남편, 시가 사람들이었다. 모두 표정이 그리 밝지만은 않았다.

굿당 안에서 박수가 이끄는 굿이 시작되었다. 젊은 무녀의 가족들 사이에 두 시간여 앉아 있는 동안 수녕은 그 집안의 내력을 꿰게 되었다. 무녀는 이미 내림굿을 받았으나 점사도 잘 안되었고 손님도 안 들었다. 남편의 반대도 심했다. 그래서 김 만신을 신어미로 다시 내림굿을 받는 거였다. 박수는 지금 잡신들을 달래서 내보내고 신을 제대로 잘 앉히는 의식을 행하는 중이었다. 공수를 듣고 있자니, 진짜 목적은 조상 때부터 얽히고설킨 가족 간 감정의 앙금을 풀어주려는 것 같았다.

몇 달 전 긴 번역을 끝낸 뒤 앉지도 서지도 못하던 때처럼 허리가 아프기 시작했다. 수녕은 기회를 봐서 굿당에서 나가려고 분위기를 살폈다. 앞에서 오락가락하던 박수가 수녕의 옆에 앉아 있던 무녀의 시어머니에게 물었다. 이 집안에 허리 다쳐서 죽은 사람 있어? 시어머니는 그런 사람 없다고 고개를 저었다. 그런데 왜 여기 오니까 허리가 아프지. 박수가 허리를 짚으며 돌아섰다. 수녕이 재빨리 일어나 몸을 움츠리고 빠져나오는데, 박수가 중얼거리는 소리가 뒤따라왔다. 굿 구경 다니는 사람도 반은 무당이야.

집으로 돌아가는 길에 수녕은 내림굿을 다시 받으면서까지 무녀의 길을 포기하지 않는 마음에 대해 생각했다. 지난 며칠 곧 출간될 소설 원고를 들여다보면서 수녕이 스스로에게 묻던 질문과 포개지는 것이었다. 왜 나는 소설 쓰기를 그만두지 못하는 걸까. 객관적으로 자신을 돌아보면, 재능도 기회도 부족한 사람이었다. 무녀가 가리키던 날개옷이 머릿속에 떠올랐다. 풍요로운 소설의 육체를 갖지 못했어도 언젠가는 그 위에 날개옷을 걸치고 싶은 욕망이 남아 있는 건가.

소설을 읽을 때만 느끼는 즐거움이 있었다. 다른 아무것으로도 대체할 수 없는 행복이었다. 지극히 사랑하는 대상과 살을 맞대고자 애쓰듯 수녕도 깊이 사랑한 소설들과 가까워지는 자리에 이르고 싶었다. 그래서 소설을 쓰기 시작했을 것이다. 수녕도 누군가를 행복하게 하고 싶었을 것이다. 하지만 돌아보면 수녕의 소설은 늘 사랑받고 싶은 마음이나 사랑받지 못해 상처입은 마음이 골방 안에서 복닥거리는 형국이었다. 밖으로 나가지 못해 구부러진 시선이 문제였는지도 모른다. 하지만 수녕의 눈에는 분홍색 날개옷을 입고 싶어 하는 무녀가 어리석거나 추해 보이지 않았다. 욕망을 부정하는 마음이 더 어두운 것이었나.

오랜 세월 동안 몇 번이나 등을 돌리고 다른 곳으로 가려 했지만, 결국 돌아오곤 했다. 돌아온 게 맞나? 수녕은 여전히 가고 싶은 곳으로 가는 길을 찾지 못한 느낌이었다. 사람들이 좋아하는 글을 일부러 쓰지 않는 것 같다는 말을 들은 적이 있었다. '일부러'는 아니었다. 사람들이 아무리 좋아해도 아직 내 것이 아니면 쓸 수 없다는 마음이 있었다. 그렇다면 내 것은 무엇일까.

겨울이 끝나갈 무렵 수녕의 두번째 책이 나왔다. 인사해야 할 사람들에게 책을 보내면서 며칠 바쁘게 지냈다. 책이 나오고 보름 뒤에는 출판사의 주선으로 서울의 작은 서점에서 출판 기념회 겸 독자와 만나는 모임이 예정되어 있었다. 수녕은 은근히 기대를 걸었다. 책의 내용에 대한 배경, 십 년 가까운 세월이 흐를 동안 책을 못 낸 소회를 글로 써서 준비했다. 책을 읽은 사람이라면 당연히 궁금해할 질문을 미리 뽑아보고 답변을 작성하기도 했다.

모임 당일에 떨리는 마음으로 삼십 분 일찍 가서 기다렸다. 시작 시각이 오 분 지난 뒤에도 모인 사람은 수녕의 지인 세 명을 제외하고 세 명이었다. 준비한 이야기를 삼십 분쯤 하는 동안 두 사람이 더 와서 여덟 사람이 되었다. 그중에서 책을 읽은 사람은 한두 사람뿐, 대부분 서점의 단골손님이거나 우연히 구경하러 온 이들이었다. 대부분 소설가로서 양수녕이라는 사람의 신상에 관해 호기심이 더 컸다. 책 내용을 질문한 사람은 한 명뿐이었다. 수녕은 예상보다 일찍 모임을 끝내고 지인이 선물한 꽃바구니를 들고 집에 돌아왔다.

베란다 구석에 쌓여 있는 출판사 증정본을 멍하니 바라보았다. 사람들이 읽고 싶어 하지 않는 책, 읽어도 할 말이 없는 책들은 쓸쓸해 보였다. 문득 강 화백과 전 감독에게 책을 보내야겠다는 생각이 떠올랐다. 두 사람에게 카톡으로 주소를 묻고, 첫 장에 제 이름을 적어 넣고, 우체국에 가서 택배로 부쳤다. 며칠 지나서 책을 잘 받았다는 전 감독의 전화를 받았다.

우리 깃발 그림 보러 가요! 다음 주에 강 화백님이 고향에 내려가신대요.

강 화백이 어린 시절에 보려다가 못 보았다는 굿판의 그림 이야기였다. 수녕은 시간이 될지 모르겠다고 얼버무렸다.

거기 가서 그림을 보고 나서 다큐를 같이할지 말지 마음을 정해요. 아니, 그런 거 생각 말고 가볍게 봄맞이하는 기분으로 놀러 가요. 가서 책 출간 파티도 하자고요!

전 감독이 출간 파티라고 말하자, 수녕의 미적지근한 마음이 들썩였다.

나주역에서 내리니 강 화백이 마중 나와 있었다. 그곳에서 한 시간쯤 차를 타고 가야 강 화백의 고향이었다.

양 선생은 김 만신 굿을 보러 갔다면서요? 듣기로는, 재미난 걸 했나 보던데.

솟을굿이래요.

조수석에 앉아 있던 전 감독이 대신 대답했다. 수녕이 날짜를 계산해보니 섬에 있는 작업실에 갔던 게 석 달 전의 일이었고, 만신의 굿을 구경한 것은 그보다 보름 뒤의 일이었다.

그렇습디다. 그건 내가 받아야 할 굿이었는데. 아무래도 신명을 다시 받아야 할 것 같소.

전 감독은 강 화백의 그림을 신명과 연결해서 풀어내고 싶어 했다. 강 화백 말대로 온몸으로 그리는 게 그림이라면, 신명이 올라야 그림이 제대로 되는 게 맞는 것도 같았다. 수녕은 칼춤을 추며 하늘로 솟구치던 만신의 모습을 떠올렸다. 자기 몸에 신명이 실리는 것을 상상해보았으나 아무 느낌도 없었다. 소설가로서 수녕의 자아는 있는 그대로 펼쳐지거나 풍요롭게 흘러넘친 적이 한 번도 없었다.

마침내 강 화백의 고향 마을로 들어섰다. 강 화백의 어린 시절 추억담이 이어졌다. 저기가 우리 선산이고, 저기가 내가 다니던 초등학교이고, 강 화백은 특정한 장소마다 차를 잠시 세우고 긴 설명을 이어갔다. 슬슬 지루해지기 시작했을 무렵 고개를 하나 넘었고, 눈앞에 넓은 바다가 펼쳐졌다. 강 화백이 바닷가에 차를 세우고, 폰을 꺼내 누군가와 통화했다.

동네 어촌계 계장이 내 친구인데 저기 언덕 위 사당에 올라가면 뭐가 남아 있을지도 모른다네요. 지금 그쪽으로 온다니까 가봅시다.

사당은 바다를 굽어보는 산 중턱에 자리 잡고 있었다. 어촌계장의 안내를 받아 가파른 나무 계단을 숨이 가빠질 정도로 오르니, 황토색 벽에 붉은 기둥 그리고 푸른색 나무 대문이 달린 단출한 기와집이 나타났다. 묵직한 검은색 기와가 얹힌 지붕 아래로 금줄이 쳐져 있었다. 여기는 아무나 들어갈 수 없는 곳이라고 생색을 내며 어촌계장이 나무 문의 빗장에 매달린 녹슨 자물통에 열쇠를 꽂았다. 열쇠가 헛돌았다. 이 열쇠가 아닌가? 어촌계장은 꽹과리 치고 장구 칠 사람이 없어서 요즘은 풍어제를 해도 농악은 안 논다고, 그렇게 된 지 오래되었다고 변명했다.

굿할 때 쓰던 무구들도 다 어디 처박혔는지 잘 모르겠고. 깃발 그림은 나도 본 것도 같은데, 뭔 그림이었는지 영 기억이 안 나네. 용왕님 얼굴이나 용을 그렸겠제.

떠들썩하게 놀아야 신이 오시는 거고, 신을 흥겹게 놀려야 제단에 앉힐 수 있는 건데요. 이제는 사물을 안 갖고 논다니,

용왕님이 재미없어서 안 오시겠어요.

사당에서 내려오는 길에 전 감독이 농담처럼 투덜거렸다.

어촌계장을 따라 동네 맛집에 가서 네 사람은 저녁을 먹었다. 서대회무침을 놓고 술도 몇 잔 마셨다. 어촌계장 혼자서 말을 많이 했다. 주로 강 화백의 유별난 어린 시절을 회상하는 일화들이었다. 두 사람의 술자리가 무르익는 듯하여 수녕과 전 감독은 먼저 자리에서 일어났다. 근처에 잡아둔 숙소로 들어가 각자의 방으로 흩어지기 전, 수녕은 전 감독에게 책 출간 파티는 어떻게 된 거냐고 물어보려다가 그만두었다.

방에 들어와보니 창밖으로 바다가 보였다. 환히 불을 밝힌 어선 몇 척이 떠 있었다. 침대에 누워 기억을 더듬어보니, 수녕이 두 사람에게 책을 보낸 것이 열흘 전쯤이었다. 강 화백도 전 감독도 오늘 온종일 책에 대해서는 아무런 언급도 하지 않았다. 내용은 물론이고 하다못해 표지에 대해서도 아무 얘기가 없었다. 요즘은 소설 쓰는 사람이나 소설을 읽으니까. 수녕은 쓸쓸한 기분으로 천장을 바라보았다. 요즘 붓과 물감으로 미술하는 사람이 어딨나. 요즘 다큐멘터리 같은 걸 보는 사람이 어딨나. 모두 지난 세기의 유물이야. 이런저런 트집을 잡다가 결론을 내렸다. 어차피 끼리끼리 모이는 거지. 까무룩 잠이 들면서 수녕은 생각했다. 깃발 그림을 끝내 확인하지 못했기 때문에 강 화백이 계속 그림을 그린 건 아닐까, 속 시원히 그림을 보았다면 그림이 아니라 다른 걸 하지 않았을까, 그것이 진짜 운명 아닐까.

눈을 떠보니 방 안이 환했다. 창밖에 달이 보였다. 하늘에 뜬 달이 흐릿하고도 선명한 빛무리를 만들고 있었다. 다시 눈을 감고 잠을 청했으나 잠이 오지 않았다. 머릿속이 점점 더 맑아졌다. 눈을 떠서 시계를 보니 한 시간쯤 뒤에는 해가 뜰 것 같았다. 밖으로 나가 바닷가를 걸어볼까. 춥지 않을까. 사나운 사람이 돌아다니지 않을까. 귀신을 만나면 어쩌나. 수녕은 침대에서 일어나 방 안을 맴돌았다. 나가고 싶은데 나가면 안 될 것 같았다. 침대에 다시 누웠다가, 일어났다가, 안절부절못하고 있다가, 누군가가 부르기라도 한 듯 수녕은 벌떡 일어나 주섬주섬 옷을 입었다. 숙소 밖으로 나와 아스팔트 도로를 따라 걸었다. 걷다 보니 낮에 올라갔던 사당으로 이르는 계단 앞이었다.

안개 속 뿌연 달빛 아래 계단을 올랐다. 무섭지도 않고 힘들지도 않은 걸 보니 꿈을 꾸는 걸지도 몰랐다. 과연 푸른빛 나무 문이 활짝 열려 있었다. 안을 슬쩍 들여다보니, 사당 안을 가로질러 긴 선반처럼 보이는 나무 제상이 차려져 있었다. 촛대와 빈 스테인리스 제기 몇 개가 덩그러니 놓여 있었고, 낡은 책 한 권이 올려져 있는 게 눈에 띄었다. 사당 안으로 함부로 들어가면 안 된다던 어촌계장의 말이 떠올랐으나, 수녕은 금줄을 통과해서 안으로 들어갔다. 습기를 머금은 쿰쿰한 시멘트 냄새가 났다.

수녕은 제상 위의 책을 향해 손을 뻗었다가 멈췄다. 책을 열어보면 안 될 것 같았다. 저 책을 열어보면 다시는 책을 쓸 수 없을지도 몰라. 두려움이 몰려왔다. 그럼 안 되지. 나는 책을 다시 쓰고 싶어. 다시 써야 해. 마음속 저 깊은 바닥에서 간절함이 솟아올랐다.

솟을굿을 하는 내내 만신은 새로 들인 신딸에게 강조했다. 날마다 기도해야 한다고, 기도를 열심히 해서 영을 맑게 유지해야 한다고. 그래야 신이 떠나지 않는다고. 수녕은 간절한 마음으로 눈을 감았다. 세상에 태어나 처음으로 기도하는 것 같은 마음이 되었다. 자기 마음속에 그토록 강렬한 바람이 숨어 있음을 비로소 깨달았다. 내 것이 아니라고 지레 포기한 헛것들과 함께 휩쓸려 가버린 쌀알 같은 진심을 되찾고 싶었다.

딱 한 권만이라도 제대로 된 책을 쓰게 해주세요.

수녕은 두 손을 모았다. 생각 같아서는 깨끗한 물이라도 한 그릇 떠놓아야 할 것 같았으나 아무것도 없었다. 주위를 둘러보니 쌀자루 하나가 벽에 기대어 세워져 있는 게 눈에 들어왔다. 쌀자루가 놓여 있는 곳으로 다가갔다. 자루 입구를 동여매 놓은 끈의 매듭을 풀고 쌀을 한 움큼 꺼냈다.

쌀을 제상 위에 올려놓으려다가 수녕은 마음을 고쳐먹었다. 누구한테 신명을 청하고 빌 것인가. 내 것을 돌려달라고 할 때

는 나에게 빌어야겠지. 제상을 뒤로한 채 사당에서 걸어 나왔
다. 아직 해가 뜨지 않아 세상은 어둡지도 밝지도 않았다. 수녕
은 저 아래 세상을 향해 한 계단 한 계단 천천히 내려갔다. 손
에는 쌀 한 줌을 소중하게 쥔 채. 강 화백에게도 전 감독에게도
자기가 꾼 꿈에 대해 함부로 말하지 않겠다고 다짐했다. 만신
이 부르던 무가가 그림자처럼 수녕의 뒤를 따라왔다.

어떤 대감이 내 대감이냐
어떤 대감이 내 대감이냐
욕심이 많은 내 대감 탐심이 많으신 내 대감*

우리 대감 거둥을 봐라
얼마나 좋으신지 모르겠네
나갈 적에는 빈 바리요
들어올 적엔 찬 바리구나**

---

* 최형근, 「지노귀굿 무가」, 『서울의 무가』, 민속원, 2004, 47쪽.
** 같은 책, 50쪽.

봄잠

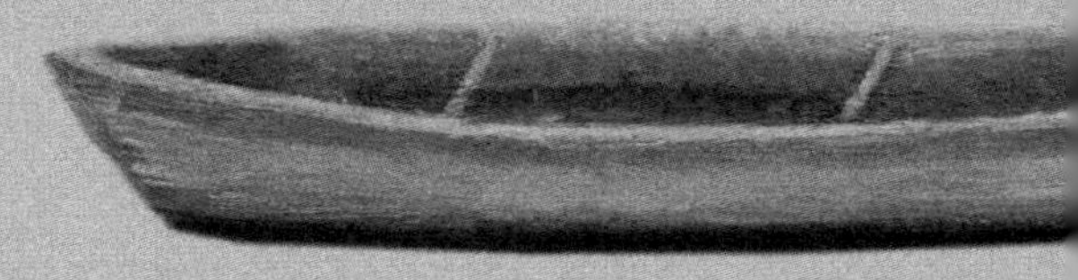

봄잠

김 권사를 따라 현관에 들어서는 여자를 보았을 때 왠지 낯이 익었어요. 그렇다고 별다르게 생각하지는 않았어요. 딱히 두드러지는 외모는 아닌데 인상이 좋은 이들을 보면, 어디선가 본 듯하다든가 낯이 익다든가 하는 느낌이 들기 마련이잖아요.

"강 여사님, 우리가 좀 늦었지예? 여기가 전에 말씀드린 고 선생입니더."

봄이 무르익어가는 온순한 날씨였음에도 언덕을 올라오는 게 힘들었는지 김 권사의 이마에는 땀이 송송 맺혀 있었어요. 소파에 앉자마자 손수건을 꺼내 번들거리는 이마를 닦기 시작하더이다.

“마실 것이라도 대접해야 하는데, 어쩌나. 내가 이 지경이니.”

내가 오른팔을 감싼 석고 붕대를 가볍게 두드리며 말을 꺼내자, 여자는 소파에 앉으려다가 엉거주춤 동작을 멈추더군요. 말귀를 못 알아듣는 사람은 아니었어요.

“저쪽으로 가면 부엌인데, 냉장고에 주스도 있고 시원한 보리차도 있어요. 아무거나 꺼내서 마셔요. 여기 권사님도 한 잔 갖다주시면 좋겠고.”

여자가 부엌 쪽으로 가버리자, 김 권사가 목소리를 낮추어 말했어요.

“언니, 저 아이 어머니가 우리 교회에 오래 다녀서 처녀 때부터 봐났거든요. 사람이 아주 순하고 양질이라예. 남편 없이 혼자 먹고 사느라 이렇게 일 다니고 있지만, 알고 보면 음대 다니면서 성악 공부한 사람 아입니까.”

나는 잠자코 고개를 끄덕였으나, 양질이라는 단어가 걸리더군요. 물건도 아닌 사람에게 노골적으로 질이 좋다고 표현하는 건 화장이 뭉개져 얼룩진 김 권사의 얼굴을 마주 보는 것처럼 불편한 일이었어요. 왜 그리 두텁게 파운데이션을 발랐는지, 이제 일흔이 넘어가는 나이인데도 여전히 맨얼굴을 드러내려 하지 않는구나, 하고 속으로 나무라게 되더군요. 하지만 돌이켜보면 나도 그 나이 때까지 머리카락도 염색하고 구찌베니도 발랐던 것 같네요. 허옇게 분칠해서 내 얼굴이 아닌 다른 얼굴이 되지 않으면 밖에 못 나가는 줄 알았지요.

여자가 부엌에서 음료수 잔을 찾는 듯 덜그럭거리는 소리가 들렸어요. 가서 들여다보려다가 귀찮아서 그냥 앉아 있는데, 갑자기 김 권사가 며칠 전에 제주도에 놀러 갔다 온 이야기를 시작하지 않겠어요. 하나님의 은혜로 성도들과 재밌게 지내고 있다고 하면서, 교회에 다시 나오라고 권하더군요. 그러고 보니 내가 부산 큰어머니 집에서 살기 시작했을 무렵 김 권사는 네다섯 살밖에 안 된 어린애였네요. 큰어머니가 다니는 교회 목사님의 막내딸이었지요. 내가 갑자기 어디에서 나타났는지 모를 수도 있겠다 싶었습니다. 물론 내가 교회에 다닌 건 그 시절 몇 년뿐이었어요. 큰어머니 집에서 독립해 나오면서 교회는 발길을 끊었지요. 더는 교회나 제주도 이야기가 듣기 싫어서 내가 김 권사에게 뾰족한 소리를 좀 했어요. 사람들이 요즘 일본이나 미국도 이웃 마실 가듯 다녀오는데 제주도 놀러 간 게 무슨 자랑이냐고. 아이고 형님 하면서 웃었지만, 김 권사의 표정이 좋지는 않았어요.

여자가 부엌에서 나와 토마토 주스 두 잔을 테이블 위에 놓았어요. 나에게 한 잔을 권했으나 손을 저어 마다했어요. 김 권사는 목이 말랐던지 얼른 주스 잔을 받아 벌컥벌컥 마셨어요. 잔을 내려놓기를 기다렸다가 나는 김 권사에게 바쁠 텐데 먼저 가보라고 말했어요. 김 권사의 왕방울 눈이 화등잔만 해지면서

‘아니, 그기 아니라예’ 하는데 우겨서 기어코 보냈어요. 내가 김 권사를 잘 아니까요. 어릴 때는 철이 없어 더 그랬겠지만, 입이 무거운 사람은 아니거든요. 아무래도 김 권사가 있는 자리에서는 서로 제대로 뭘 물어보고 답하기가 어려울 것 같았고요.

둘만 남게 되자, 여자는 제 이름이 고명진이라고 하더이다. 그제야 김 권사가 내내 여자를 고 선생이라 불렀다는 게 기억났어요. 명진이라는 이름에 성이 고씨라는 걸 새삼 깨닫고 나니 당신 얼굴이 떠올랐습니다. 올해 쉰하나 되었다고 말하는 여자의 얼굴을 가만히 뜯어보게 되었어요. 나잇살이 붙기는 했으나 아직 앳된 티가 남은 동그란 얼굴에 콧날이 높고 눈썹이 짙더란 말이지요. 어느새 나는 고명진의 얼굴에서 당신의 모습을 찾고 있었어요. 그러다가 마침내 아버지 고향이 어디냐고 물었지요. 아버지와 어머니 두 분 모두 이북이 고향인데, 월남하셨다고 대답하더라고요. 이북 어디? 캐물었지요. 아버지는 함경도, 어머니는 강원도라고 했습니다. 김 권사 말대로 고명진은 온순한 사람처럼 보였어요. 다음날부터 당장 출근할 수 있다고 하더군요. 그 아이가 돌아가고 난 뒤, 고명진이라는 이름을 곱씹어보았어요. 명진아, 명진아, 부르던 할망의 목소리도 정말 오랜만에 떠올렸습니다.

그날 저녁 집에 들른 아들에게 간병할 사람을 구했으니, 이제 자주 올 필요 없다고 했습니다. 아들은 어쩐 일로 김 권사가 마음에 드는 사람을 데리고 왔느냐면서, 그러면 부러진 팔이 다 나은 뒤에도 그 사람을 계속 부르면 어떠냐고 하더군요. 나는 그럴 생각 없다고 잘라 말했어요. 지금도 왼팔 하나만 움직여 그럭저럭 지낼 수 있지만, 불편한 몸으로 균형을 못 잡고 또 넘어질까 봐 간병인을 구한 거니까요. 아들에게 더 부담을 주게 되면 큰일이라서요. 하나뿐인 아들이라 애틋하기도 하지만 어렵기도 합니다. 남들처럼 화목한 가정에서 자라지 못한 것도 죄스럽고요. 아들이 며느리와 헤어져 고적하게 살고 있는 것도 모두 내 탓 같습니다.

살아야 할 날이 얼마 남지 않고 보니, 이렇게 늙어서 죽게 된다는 것이 얼마나 큰 축복인지 모르겠어요. 죽는 일도 사는 일만큼이나 어려운 일이라는 걸 두 눈으로 보고 직접 겪었으니 하는 말이지요. 나는 이제 아무 날 아무 시에 죽어도 타고난 목숨만큼 산 셈입니다. 아니지요. 먼저 간 부모 그리고 할망의 목숨까지 얹어서 제 명보다 더 긴 세월을 살았어요. 이제야 비로소 그걸 알겠더라고요. 아닌 게 아니라 요즘은 오랫동안 잊으려 애쓰던 일들이, 그러다가 저절로 잊힌 일들이 점점 마음속에서 또렷해져요. 저승에 가서 만나야 할 사람들이 눈앞에 헛것으로 생생하게 살아나기도 하고요.

고명진이 우리 집에 출근하기 시작한 지 사흘쯤 지나서였어요. 차려놓은 점심상 앞에 앉으니, 그날따라 한 손으로 밥 먹기가 고역스럽더라고요. 그 아이도 나도 서먹한 기분은 많이 가신 터라 마주 앉아 밥을 먹자고 청했지요. 명진은 나중에 먹겠다고 굳이 마다하면서도 옆에서 곰살궂게 반찬을 집어주며 말 상대를 해주었어요.

"고 선생 남편은 뭘 하시나?"

이미 김 권사에게 들은 이야기가 있지만 짐짓 모르는 체하며 물어보았지요. 그 아이는 잠시 망설이다가 대답하더군요.

"저는 이혼하고 혼자 살고 있어요."

"아이는 없고?"

"아들이 하나 있는데, 군대 갔어요."

"나도 아들 하나 데리고 혼자 살았어요. 고 선생, 그동안 고생이 많았겠네."

그 아이는 아무 대답도 하지 않았어요. 그저 명란 넣고 찐 달걀을 덜어서 앞 접시 위에 담아주더군요. 벌써 나의 식성을 알아차린 것이지요.

늘 그렇듯이 점심을 먹고 침대에 누웠어요. 깜빡 잠들었는데, 꿈속에서 시뻘건 불꽃을 보았어요. 온 마을이 불길에 휩싸여 타오르고 있었지요. 사람들이 불붙은 집 안에 뛰어들어 손에 잡히는 대로 살림살이를 내던졌어요. 나는 시커먼 연기 속에서 뒹구는 이불 더미와 솥단지 사이를 허겁지겁 빠져나왔어요. 이런 일이 또 일어나다니. 믿을 수 없었어요. 하지만 앞으로 무슨 일들이 일어날지 이미 알고 있었기에, 나는 산기슭으로 오르는 사람들 뒤를 따라갔어요. 뛰다가 걷고 가시덤불에 찢기며 기었지요. 옛날과 다르지 않았어요. 길의 끝에는 깊은 어둠이 고여 있지요. 뼛속까지 시린 어둠을 따라 걸어야 하지요. 어디선가 아기 우는 소리가 들리고, 울음소리에 떠밀려 더 깊은 어둠 속으로 빨려 들어갈 수밖에요. 돌부리에 걸려 비틀거릴 때마다 묵직한 돌덩이 같은 울음이 등에 얹힙니다.

울음을 털어내고 뿌리치며 헤맵니다. 나는 알아요. 어디엔가 반드시 어른거리는 빛이 나타날 거예요. 어둠의 끝에는 빛이 있어요. 있어야만 해요. 드디어 눈에 들어온 빛을 향해 가까스로 다가가려는데 커다란 손이 뒷덜미를 움켜쥐었어요. 온몸이 떨리면서 혀뿌리가 굳어지기 시작해요. 누군가가 귓가에서 속삭입니다. 입을 열면 안 돼. 혀를 놀리면 안 돼. 소리를 내면 안 돼. 말을 하면 안 돼.

눈을 뜨고 나서도 한참 동안 허공을 바라보고 있었어요. 여기가 어딘가. 뜨거운 불길 속인가. 시린 동굴 속인가. 꽉 닫힌 무쇠 상자 속인가. 혼자 중얼거렸어요. 머리가 어질어질하고 속이 메슥거리는 게 몸은 여전히 파도 위에서 흔들리고 있는 것 같았지요.

"어르신, 저 이제 퇴근하려는데요."

방문을 열고 들어온 고명진이 근심스러운 얼굴로 나를 내려다보았어요. 오후 낮잠을 너무 곤하게 자버린 거였지요. 왼쪽 팔에 의지해 침대에서 일어나려고 애쓰는 나를 그 아이가 부축 해주었어요.

"저녁은 식탁 위에 차려놓았어요. 냉장고에 전복죽이 있어 서 데워놓았으니 식기 전에 드세요."

늘 그렇지요. 그 아이는 저녁 식사를 준비해놓고 퇴근해요. 물김치와 함께 떡 몇 조각을 접시에 담아놓거나 죽을 끓여놓아 요. 그러면 나는 마음 내킬 때 혼자 천천히 먹어요. 먹지 않을 때도 있고요. 다 먹은 빈 그릇을 개수대에 넣어두면 아침에 그 아이가 와서 정리하지요.

전복죽을 먹고 나서 거실에 나와 앉았어요. 텔레비전을 켜 니 일곱시 뉴스가 시작되더군요. 뉴스를 듣는 것도 아니요, 보 는 것도 아닌 상태로 넋 놓고 앉아 있다 보니 거실 안이 어두워 졌어요. 불을 켜려고 의자에서 일어나려는데 당신이 보였어요. 무릎 위에 두 손을 단정하게 모아 얹은 채 긴 소파의 한쪽 끝에 그림처럼 앉아 있더군요. 서부두에서 부산으로 떠나는 평택호 에 나를 태워주던 이십대 청년의 모습 그대로였어요. 수척하고 창백한 얼굴에 낡은 군복을 입고 있었지요. 당신을 알아보자마 자 나는 의자에 주저앉았어요. 불을 켜면 사라질 것 같아서요. 두렵거나 섬찟하지는 않았어요. 언제든 누군가는 나를 찾아올

것임을 예감하고 있었어요. 하지만 죽은 이들 가운데 누군가가 온다면 그건 할망일 거라고 생각했어요. 그러기를 바랐고요. 차갑게 식어가는 내 몸을 몇 날 며칠 품어서 살려낸 사람이었으니까요.

　시간이 어디에서 끊어졌다가 이어진 건지 모르겠어요. 어둠의 내장 같은 동굴 속을 더듬고 헤매던 기억은 희미하게 남아 있어요. 그날 새벽에 할망은 여느 때처럼 물허벅을 지고 우물가에 갔더랍니다. 사위가 아슴아슴한 시간인데 덤불 속에 희끗한 게 보였어요. 밭이나 길가에 주검이 흔하던 시절이라 가슴이 덜컥했겠지요. 그래도 혹시나 해서 할망은 들여다보았어요. 길에 떨어진 천 조각도 아까워서 주워 오는 사람이었으니까요. 뜻밖에도 덤불 속에는 어린애가 엎어져 있었어요. 옷에 흙이 좀 묻었을 뿐 핏자국도 없고 찢어진 곳도 없었어요. 죽은 이들 몸 있는 곳에 언제나 꼬여드는 까마귀 떼도 없어서, 할망은 이게 아직 산 사람이구나 했다네요. 허벅을 내려놓고 아이를 둘러업었지요. 검불처럼 가벼웠답니다. 할망이 해준 옛날이야기 속에 나오는 천지왕은 사람과 귀신을 나눌 때 무게가 백 근이 안 되면 귀신으로 여겼다는데, 그때 나도 반쯤은 귀신이었는지도 모릅니다. 아직 열 살이 채 안 되었을 무렵이었을 거예요. 아직도 내가 몇 살인지 정확히 모릅니다. 나는 동굴 속에서 한번 죽었어요. 그 이전의 삶은 전생처럼 홀연 사라졌어요. 부모와 이름과 태어난 날짜를 잃었어요.

할망은 아이를 메주 띄우듯 이불에 싸서 아랫목에 두었어요. 하루 동안 아이는 얼어붙은 듯 꼼짝도 안 했지요. 그 차가운 몸뚱이를 할망이 밤마다 이틀을 품었답니다. 사흘째 새벽이 되자 아이는 와들와들 떨기 시작했어요. 할망은 살아라, 살아나라, 살아지면 살아나라, 중얼거리며 토닥였어요. 그날인지 언제인지 부옇게 밝아온 아침에 할망이 입에 떠 넣어주던 좁쌀 미음의 노란 맛이 아직도 혀끝에 아련해요. 그 뒤로도 할망은 자꾸만 차가워지고 자꾸만 까무룩 정신을 놓는 나를 품에 안고 긴 옛날이야기를 들려주곤 했어요.

"하늘에 해와 달이 두 개씩 뜨고 풀과 나무, 짐승과 새들이 말을 하며 사람이 물으면 귀신이 답하는 혼란의 시대가 있었더란다. 그래서 천지왕의 아들 대별왕과 소별왕이 이승에 내려와 해와 달을 하나씩 화살로 쏘아 떨어뜨렸단다. 송피 가루를 뿌려 풀과 나무, 짐승과 새들의 입을 막았더란다. 귀신과 인간을 저울로 달아 백 근이 넘는 것은 인간으로, 백 근이 안 되는 것은 귀신으로 보냈더란다."*

할망의 이야기를 들으며 나는 동굴에 들어가기 전의 세상을 이해하려 했어요. 낮이 되면 해가 둘 떠올라 죄 없는 이들을 불

* 이석범, 『제주신화』, 황금알, 2005. 변형 인용.

에 태워 죽이고, 밤이 되면 달이 두 개 떠서 죄 없는 이들을 추위에 얼려 죽였던 거구나. 푸른 옷을 입은 거친 사내들이 나타나 함부로 총을 쏘고 죽창을 휘둘렀던 거구나. 그래서 몸을 움직여 찡그리고 한숨짓고 눈물 흘리며 비명 지르던 이들은 귀신으로 만들고, 털어서 먼지 나지 않고 얼룩과 냄새가 없으며 눈 감고 귀 막은 이들은 풀과 나무, 짐승과 새로 만들었던 거구나.

두 개의 해 중에 하나를 쏘아 떨어뜨린 건 형인 대별왕이고, 두 개의 달 중에 하나를 쏘아 떨어뜨린 건 아우인 소별왕이라고, 할망은 말했지요. 천지왕이 두 아들에게 이승과 저승을 각각 맡아 다스리라고 명했을 때, 소별왕은 이승을 욕심내었어요. 형제는 내기를 벌였고, 대별왕은 아우의 속내를 알아도 모르는 척 몰라도 아는 척 속임수에 넘어가주었다네요. 그래서 너그러운 대별왕이 다스리는 저승은 맑고 공정한 법이 지켜지는 곳이 되었고, 영악한 소별왕이 다스리는 이승은 살인과 도둑질이 끊이지 않아 사람들이 서로 미워하고 시기하는 곳이 되었다지요. 이따금 나는 할망이 이제 대별왕이 다스리는 맑고 공정한 세상에 있다고 생각하면서, 안심하곤 해요.

고개를 돌려 당신이 여전히 소파에 앉아 있는지 바라보아요. 당신은 전혀 달라지지 않은 모습 그대로 나를 외면한 채 먼 곳을 바라보고 있네요. 당신의 눈길이 닿고 있는 곳은 어디일까요. 저승은 정말로 이승과 다른 곳인가요?

"그 아이는 혹시 당신 딸인가요?"

당신도 알다시피 할망은 나를 명진이라고 불렀어요. 사태가 일어나기 몇 년 전에 할망이 잃어버린 딸의 이름이기도 해요. 물질하러 나갔다가 영영 돌아오지 않았다는 딸이요. 할망이 어디선가 데려온 아이를 명진이라고 부르기 시작하자, 마을 사람들은 그냥 그런가 보다 했어요. 왜 그렇게 부르느냐고, 어디에서 온 아이냐고 묻는 사람도 없었어요. 중산간에서 쫓겨 내려온 사람들로 마을이 북적이던 시절이었으니까요. 모두 제 식구들과 제 목숨 하나 지키기에 급급했던 때였어요. 사태를 겪으면서 사람들 사이에서는 '이름을 빼앗기지 말라' 하는 말이 돌았다지요. 토벌대에 끌려가 치도곤을 당하다 보면 아무 이름이나 대기도 했어요. 운 나쁘게 불린 이름 때문에 아무 죄 없이 끌려갈까 조심하라는 말이었어요.

며칠 전 김 권사가 데려온 요양보호사가 고명진이라고 이름을 말했을 때, 나는 고 중사, 당신을 떠올릴 수밖에 없었어요. 그 아이가 당신 딸이 맞지요? 딸에게 명진이라는 이름을 준 거죠?

사태가 잠잠해지면서 전쟁 소식이 들려올 즈음이었지요. 얼마 안 있어 섬은 피난민으로 가득 찼어요. 커다란 입구 때문에 아가리선이라고 불리던 미군 배를 타고 이북 땅에서 내려온 사람들이었어요. 할망과 내가 살던 곳까지 피난민이 흘러들어왔고, 그들 중 한 가족이 부엌 옆 고방에 세를 살기 시작했지요. 당신이 레이션 박스며 쌀자루를 들고 찾아오던 작은 아버지네 였어요. 할망은 당신을 고 중사라고 불렀어요. 이웃 사람들에게 도청에서 문관으로 일한다고 했지요. 이북 사람들이지만 같은 고씨 집안이라고도 했지요. 할망의 시댁이 고칩이었거든요. 당신은 공부하는 게 소원인 나에게 한글을 가르쳐주기도 했어요. 사납고 우렁우렁한 이북 경찰의 말투가 아니었어요. 당신은 서울에서 중학교에 다녔다고 했지요. 처음에는 서울 아이들이 함경도 사투리를 몹시 놀렸다는 이야기도 들려주었어요. 너도 서울 가면 놀림 받는다, 야. 당신은 웃으면서 덧붙였지요.

강백주라는 이름을 준 사람은 당신이었어요. 할망은 당신을 붙잡고 나를 호적에 올려달라고 여러 차례 부탁하곤 했지요. 도청에서 일하는 사람을 처음 봤으니까요. 어쩌면 할망이 말을 섞은 유일한 공무원이었을지도요. 당신은 내가 할망의 진짜 딸이 아니라는 걸 알게 되었지요. 할망이 갑자기 세상을 떠난 뒤 당신은 나에게 물었어요. 넌 뉘기레? 어데서 왔네? 거친 말씨였어요. 하지만 나는 아무 대답도 할 수 없었어요.

섬을 떠날 때 나는 아마도 열넷이거나 열다섯이었을 겁니다. 부산에 가면, 일하면서 공부할 수 있다고 당신은 말했지요. 배를 타려면 도민증이 있어야 한다면서, 서부두에서 당신이 내 손에 건네준 종이에는 내가 읽을 수 없는 한자들이 적혀 있었어요. 네 이름은 강백주라고, 잊지 말라고, 당신은 말했어요. 잊으면 안 되는 게 또 있다고, 배에 올라타기 전 마지막 순간에 당신은 신신당부했어요. 육지에 가면 입단속하라고, 빨갱이로 몰리고 싶지 않으면 말 함부로 하지 말라고. 섬 이야기를 하면 절대로 안 된다고.

그 순간 마음속에 꼭꼭 새겨둔 말이 떠올랐어요. 칭얼거리는 아기를 업은 채 동굴 속에 남은 어멍이 나를 내보내면서 그랬어요. 어디에서 누구를 만나든, 입을 다물고 있으라고. 아무것도 말하지 말라고. 반벙어리 행세를 해야 너도 살고 나하고 아기도 살고 네 아방도 살 수 있다고.

어둠 속의 소파에 앉아 있던 당신이 천천히 몸을 일으키네요. 한두 발걸음 내딛다가 하지 못한 말이라도 있다는 듯 나를 돌아보아요. 아니요, 잠깐만요, 내가 먼저 묻고 싶어요. 어둠이 고인 웅덩이처럼 보이는 당신의 얼굴을 향해 나는 손을 내저어요.

"왜 나를 육지로 보냈나요? 정말로 나를 살려주고 싶었나요?"

사라지는 당신의 뒷모습을 보면서 나는 계속 중얼거려요. 할망의 집은 어찌 되었나요. 나를 먹여 살리던 할망의 조밭과 고구마밭은 어찌 되었나요. 당신이 나에게서 빼앗아간 것은 무엇인가요. 돌려준 건 무엇인가요.

남편과 왜 헤어졌느냐고, 내가 묻자, 고명진은 당황하더군요. 잠시 머뭇거리다가 마지못해 대답했어요.

"혼자 사는 게 더 낫겠다 싶었어요."

나 역시 혼자 사는 게 낫겠다는 마음을 먹은 적이 있었지요. 이도의 아비에게 부인이 따로 있다는 걸 알게 되었을 때였어요. 이도를 임신한 상태였어요. 부산에서 당신의 큰어머니가 경영하는 봉제 공장에서 일하고 있던 시절이지요. 공장이 아니라 가내 수공업이라고 해야 하나요? 시장 한구석에서 아기들이 입을 배냇저고리를 만들어 팔던 가게였어요. 그때까지만 해도 당신이 나를 보낸 그 집에서 일하고 있었지요.

"왜?"

"남편이 일도 안 하고 그래서."

"술도 마시고, 여자도 있고?"

혹시 화를 내지 않을까 염려가 되었지만, 그 아이는 조용히 웃더라고요.

"어르신이 물어보시면 저도 모르게 남부끄러운 일들을 털어 놓게 되네요."

점심 식사한 뒤 평소 같으면 낮잠 자러 들어갈 시간이었는데, 내가 커피를 마시자고 해서 이야기를 나누게 된 거였지요.

"아버지가 술을 좀 하셨어요. 잘은 모르지만, 여자도 있던 거 같아요. 어쩌다가 집에 오시면 어머니에게 나가라고 소리치고, 살림을 부수고, 주먹을 휘두르고. 그런 난리를 보고 자라서 인지 빨리 집에서 나가고 싶었어요. 일찌감치 결혼해버렸는데, 그게 잘못이었어요. 여자는 엄마 팔자를 닮는다는 말이 있잖아 요. 행복한 가정에 대한 기대도 일찌감치 접게 되더라고요."

나는 기회를 놓치지 않고 물었지요. 그 아이가 정말 당신 딸 인지 알고 싶었어요.

"아버지가 군인이셨나?"

"아니요. 사진관 하셨어요."

"사진관이라니?"

"증명사진이나 기념사진 같은 거 찍어주는 곳이요. 처음에 는 평택의 미군 부대 앞에서 시작했고, 여기저기 떠돌아다니셨 어요."

문득 부산을 떠나기 직전 이도와 용두산 공원에 올랐던 일 이 떠올랐어요. 휴일이어서 용두산 공원에 놀러 갔어요. 아이 의 생일 무렵이었으니 봄날이었을 테지요. 한 해 전 겨울에 부 산타워가 막 세워진 터라 공원에 구경꾼이 몰릴 때였어요. 가 족끼리 나들이 온 사람들로 와글와글했죠. 솜사탕을 졸랐다가 장난감을 사달라고 했다가 아이스크림 장수를 향해 뛰어갔다 가 하는 아이들 사이에서 이도는 가만히 서 있었어요. 그 아이 는 늘 그랬어요. 즐거운 일에는 관심이 없을 뿐 아니라 흥분하 거나 소리 지르는 일이 드물었지요. 아무리 소란한 곳에 세워놓아도 이도 주위에는 적막한 고요가 깃들어 있었어요. 시끄러움을 빨아들이는 힘이 있는 듯한 아이였어요.

생일 기념으로 뭔가 해주고 싶었어요. 주위를 둘러보다가 즉석 사진을 찍어주는 사진사를 발견했지요. 빨간 장난감 자동차에 아이들을 앉혀서 기념사진을 찍는 거였어요. 이도에게 물어보았어요. 저 차 타고 싶나? 아이는 웬일로 눈을 반짝이더니 고개를 끄덕였어요. 나는 이도의 손을 잡고 사진사에게 다가가 물었어요. 사진 한 장 찍는 데 얼맙니꺼? 야구 모자를 눌러쓴 남자가 물끄러미 나를 바라보았어요. 어마이는 안 찍고 아아만 찍는가? 목소리를 듣는 순간 나는 당신을 알아보았어요. 투덕투덕 살이 붙었지만, 짙은 눈썹과 높은 콧날은 그대로였어요. 하지만 느낌이 전혀 달랐어요. 하늘에서 땅으로 내려온 것 같다고 해야 하나요? 도청에서 펜대 잡고 일하던 사람처럼 보이지는 않았거든요.

당신은 나를 알아보았을까요? 그렇지 않다고 생각해요. 겁먹은 열네 살의 섬 계집아이와 피곤해 보이는 삼십대 중반의 부산 여자는 전혀 달리 보였을 테니까요. 게다가 일곱 살짜리 아들까지 데리고 있었고요. 이도는 이미 빨간 자동차를 향해 걸어가고 있었어요. 당신은 운전석에 앉은 이도에게 다가가 앞머리를 쓸어 올리고 얼굴을 바로잡아 주었지요. 그날 찍은 사진이 장롱 서랍 깊숙한 곳에 아직 남아 있어요. 허옇게 빛이 바래가고 있지만요.

칠십 년 전에 섬을 떠나며 다시는 섬에 돌아가지 않으려 했습니다. 부산에서 이십 년을 살았고 서울에 와서 사십 년 넘게 살았어요. 나는 이제 누가 봐도 서울말을 쓰는 서울 사람이지요. 바다 저 너머로 선홍빛 저녁놀을 보면서 섬을 떠나던 날을 기억해요. 서부두에서 부산까지 열다섯 시간 동안 뱃멀미에 시달렸어요. 배 밑바닥 선실 여기저기에 놓여 있는 양동이를 붙들고 먹은 걸 토하고 또 토했지요. 몸 안에 있는 걸 죄다 게워내면서, 죽은 뒤에 넋이 있다면, 넋이 되어서라도 섬에 돌아가지 않겠다고 결심했어요. 살아오면서 주위 사람들이 섬으로 신혼여행 갔다 왔다고 자랑할 때마다, 사과나 배보다 더 흔해진 감귤을 볼 때도, 섬을 떠올리지 않으려 애썼어요. 우연히 텔레비전 화면에서 섬 풍경을 마주칠 때는 채널을 얼른 돌려버렸습니다. 서럽고 그립고 밉고 두려운 흉터 같은 걸 마음속에 남기고 싶지 않았어요. 그저 잊고 싶었어요.

언젠가부터 여기저기서 사태 이야기가 흘러나오기 시작하더군요. 대통령이 그때 벌어진 폭력을 사과했다는 신문 기사도 언뜻 보았어요. 마음속에서 꿈틀거리는 무엇인가가 있었으나, 관심을 기울이려 하지 않았어요. 어느 날 텔레비전에 내 나이의 할망이 나와 울먹이는 장면을 보았어요. 휘몰아치던 지옥의 불길로 부모 형제를 잃었으나 그 이유를 알 수 없어서 겪어온 괴로움을 호소하고 있었지요. 차마 채널을 돌리지 못했어요. 바로 내 이야기 같았어요. 슬픔과 고통 속에 갇혀 나 혼자 겪은 일처럼 느꼈는데 나와 같은 경험을 한 사람들이 많았구나, 비로소 깨달았지요. 명치 끝이 저리고 아팠지요. 오랫동안 차갑게 눌려 있던 무엇인가가 타는 듯이 뜨거워지고 있었어요.

이도가 한국에 돌아와서 일 년쯤 지났을 즈음이었지요. 올해 팔순인데 뭔가 특별한 일을 하고 싶냐고 묻더라고요. 그때 처음이자 마지막으로 아들에게 부탁이라는 걸 해봤어요. 비행기를 타보고 싶다고요. 이도는 깜짝 놀라더군요. 일본이나 미국에 가자는 말로 알아들었나 봐요. 어미가 섬에서 태어나고 자란 섬사람인 줄 그 아이는 꿈에도 모르니까요. 나는 남들 다 가는 제주도에 한번 가보자고 말했지요. 그제야 이도는 고개를 끄덕이며 언제 휴가를 낼 수 있을지 알아보겠다고 했어요. 나는 너무 길게는 말고, 그래도 하룻밤 자고 오는 건 너무 힘들 테니 이박 삼일 정도가 좋겠다고 말했지요.

비행기가 공항에 착륙하기 직전에 두어 번 선회했습니다. 돌풍 때문이라고 했어요. 급강하와 급상승을 거듭하니 심장이 두근거렸어요. 너무 오랜 세월이 지난 뒤에 섬에 발을 딛게 되어 떨렸던 것인지도 모르지요. 공항에 내려 시내의 호텔에 들어갈 때까지는 머나먼 외국에 온 기분이었어요. 낯설기만 했어요.

객실에 들어가 창밖의 바다를 바라보니 그제야 조금 실감이 나더군요. 봄볕에 환히 물든 짙푸른 바다가 검은 바위에 하얗게 부딪히고 있었어요. 바다는 예전과 다르지 않았어요. 이제껏 눈꺼풀을 가리고 있던 흐릿한 안개 같은 게 걷히는 느낌이 들었어요. 푸른 것은 푸르게, 흰 것은 희게, 검은 것은 검게 태어날 때 모습 그대로의 색으로 세상이 빛나는 듯했어요.

이도가 빌린 자동차를 타고 그 아이가 가자고 하는 대로 여기저기 구경을 다녔습니다. 기억 속의 옛 모습은 섬에 별로 남아 있지 않았어요. 이따금 팽나무나 먹구슬나무 같은 낯익은 나무들과 마주치면 비로소 아는 사람을 만난 느낌이었지요. 어릴 때는 구경한 적도 없는 생선회라든가 한치물회, 성게비빔밥 같은 음식을 먹었어요. 명절 때마다 먹던 기름떡이나 돌레떡 같은 건 없더라고요. 둘째 날에는 섬의 남쪽까지 내려가서 좋은 구경을 많이 했지요. 호텔에 돌아가기 전에, 이도가 근처의 유명한 갈치조림 식당에서 저녁을 먹고 가자고 하더라고요. 네가 그런 곳을 어떻게 아느냐고 물었더니, 내비게이션이 가르쳐주는 대로 가기만 하면 된다고 하더이다.

기계가 가르쳐주는 길을 따라 달렸어요. 낯선 곳이기도 하고 단속 카메라도 많은 편이라 이도는 차를 천천히 몰았어요. 그런데 이십 분이면 도착할 거리에 있다는 식당은 아무리 가도 나타나지 않았어요. 유명한 식당이라면 해안가 시내에 있어야 하지 않습니까? 기계는 자꾸만 산 쪽으로 올라가라고 하더라고요. 이도가 몇 번 이상하다고 중얼거렸어요. 목적지에 도착했다는 안내가 나와 둘러보니 한적한 도로 위였어요. 이미 캄캄해진 뒤였고요. 차에서 내렸던 이도가 금세 운전석에 올라타면서 중얼거렸어요. 공동묘지라는 간판뿐이네요. 내비에 입력을 잘못한 건지, 귀신이 장난을 친 건지 모르겠어요. 결국 그날은 호텔 식당에서 저녁을 먹었지요.

떠나는 날 비행기 시간이 오후여서 공항 가는 길에 수국을 보고 가기로 했습니다. 일찌감치 아침 식사를 하고 출발했어요. 어려서는 섬에서 수국이나 유채 같은 화려한 꽃을 본 기억이 희미해요. 개자리나 질경이, 갯무, 돌콩에서 피어나는 꽃 같지도 않은 풀꽃이 지천이었지요. 수국 꽃밭을 찾다가 이도가 또 길을 잘못 들었어요. 안개 자욱한 중산간 횡단도로에서 좁은 시골길로 접어드는 순간, 이건 아니다 싶었어요. 차를 돌리기에는 너무 좁은 길이라 이도가 애쓰는 동안 나는 무심코 창문을 열고 밖을 내다보았어요. 산비탈에 줄지어 늘어선 무덤들이 보였어요. 산담으로 둘러싸인 수십 기의 무덤을 보면서 나는 갑자기 깨달았어요. 할망이 나를 부르는구나. 어멍과 아방이 나를 부르는구나. 그래서 내가 섬에 오게 된 거구나.

드디어 찾아간 꽃밭에서 파랑 분홍 하양 보라로 피어난 수국을 보았어요. 아프더군요. 소담하게 피어난 꽃들이 나에게는 붉고 파랗게 멍든 마음들로 보였어요. 어디선가 할망의 목소리가 들리는 듯했어요. 서천 꽃밭에는 환생꽃, 뼈오를꽃, 살오를꽃*이 환하게 피어있다지요. 부서지고 흩어진 뼈와 살을 모아놓고 환생꽃, 뼈오를꽃, 살오를꽃을 꺾어와 옆에 가지런히 놓는다지요. 때죽나무 회초리로 세 번 때리면 죽은 사람이 다시 살아나서 말한다지요. "하, 봄잠 오래도 잤다."** 자청비가 살려낸 문도령도 할락궁이가 살려낸 제 어머니 원강암이도 중얼거리지요. "하, 봄잠 오래도 잤다." 하지만 할망은 꽃도 없이 나를 살렸어요. 두 번이나요. 아주 나중에야 나는 알게 되었어요. 당신이 육지로 가는 나에게 건네준 도민증의 강백주라는 이름이 바로 할망의 것이었음을.

오랫동안 내가 누구인지 나는 몰랐어요. 한동안 할망의 딸 고명진으로 살았고, 나머지 시간은 강백주로 살았습니다. 남의 이름을 빌려 살았고, 남의 말을 빌려 살았지요. 섬에 다시 돌아갔을 때, 비로소 내가 누군지 깨달았어요. 나는 강백주예요. 나는 할망이지요. 그러자 입을 열어 나의 말을 할 수 있더군요. 오래 말라 있던 눈물이 쏟아지듯 말이 쏟아져 나오더군요.

* 이석범, 앞의 책.
** 허은실 글, 고현주 사진, 『기억의 목소리』, 문학동네, 2021.

할망, 호꼼만 이십서게. 나 그디 도르멍 가쿠다.*

옆에 서 있던 아들이 깜짝 놀라 나를 바라보았어요. 강백주의 아들, 권이도가 말이지요.

* 할머니, 조금만 기다리세요. 내가 거기로 곧 갑니다.

찬투

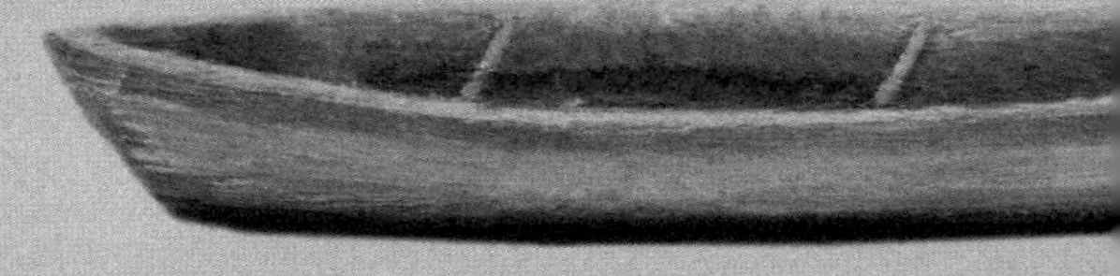

찬투

향숙은 3분 카레 봉지를 뜯어 유리 용기에 담았다. 전자레인지 문을 열고 그릇을 밀어 넣는 순간 남희가 식판을 들고 탕비실 안으로 들어왔다. 향숙은 가볍게 눈으로 인사를 하고 돌아서서 전자레인지의 작동 버튼을 눌렀다. 좁은 탕비실 안에 카레 냄새가 퍼져나갔다.

"카레는 먹을 줄 아나 보네?"

향숙은 남희의 말을 흘려들으며 햇반 뚜껑을 조금 뜯었다. 남희는 카트에 빈 식판을 집어넣고 나서 다시 향숙을 향해 물었다.

"중국 사람들도 카레를 먹어? 카레는 미국 음식이잖아?"

"카레는 인도 음식이죠."

향숙의 대답을 듣자, 남희는 끙, 인지 음, 인지 알 수 없는 신음을 내뱉으며 탕비실 밖으로 나갔다.

남희를 처음 만난 것은 한 시간 전이었다. 오후에 향숙이 병실에 들어서는 것을 보자마자 바로 건너편 병상의 보호자용 긴 의자에 무료하게 누워 있던 초로의 여성이 반색하며 말을 걸어왔다. 향숙이 찬투의 간병인으로 왔다고 하자, 대뜸 연변 사람이냐고 물었다. 익숙한 반응이었다. 향숙은 웃으면서 중국에서 왔지만, 한국 사람이라고 대답했다. 한국 사람과 결혼해서 주민등록증을 받은 게 벌써 이십 년 전이라는 말도 덧붙였다. 꼭 할 필요가 있는 말은 아니었지만, 중국 교포인지 확인하려 하지 않는 이들에게도 향숙은 굳이 습관처럼 긴 설명을 했다. 오후 내내 남희는 향숙 옆에 앉아 사는 곳이 어디냐, 이름이 뭐냐, 남편은 뭘 하느냐, 이것저것 꼬치꼬치 캐물었다. 그러더니 저녁 식사가 나오자, 냉장고에서 간장게장을 꺼내 향숙에게 먹어보라고 건넸다. 향숙이 손사래를 치며 거절하자 남희는 기분이 상한 것처럼 보였다.

비릿한 간장게장 냄새를 맡고 향숙이 떠올린 것은 이십 년 전 인천항에 내리던 날이었다. 이른 아침에 혼수랍시고 새로 장만한 트렁크를 끌고 여객터미널로 나오니 사촌 고모가 마중 나와 있었다. 그 옆에는 실물로는 처음 만나는 남편이 서 있었

다. 첫날은 고모네 집으로 가겠거니 했는데, 그날 곧장 부평에
있는 남편 집으로 갔다. 시어머니가 차려준 점심 밥상 한가운
데 놓여 있던 음식이 간장게장이었다. 전날 오후 늦게 단둥항
에서 여객선에 오른 향숙이 열대여섯 시간 동안 뱃멀미에 시달
린 빈속에 받은 첫 밥상이었다. 게를 굽거나 튀기지 않고 날로
간장에 넣은 음식은 보기도 처음이고 먹어본 적은 물론 없었
다. 냄새가 참을 수 없이 역했다. 시어머니는 귀하고 맛있는 것
이라며 자꾸 먹어보라고 권했다. 향숙이 망설이자, 시어머니는
가위와 손가락을 동원하여 어렵사리 살을 발라내어 숟가락 위
에 얹어주었다. 향숙은 어쩔 수 없이 게살을 입에 넣었다가 뱉
어냈다. 물컹하고 비릿하면서 들큼하고 짠 게장의 맛을 향숙은
영영 받아들일 수 없었다.

그때 되돌아갔어야 했나. 향숙은 전자레인지에서 카레 그릇
을 꺼내고 햇반을 밀어 넣으며 생각했다. 부평 집에서 첫날, 향
숙은 반찬도 없이 뜨거운 밥을 채 씹지도 않고 삼키며 먹었다.
김치에서도 비릿한 갯내가 났다. 머릿속에서는 아직 혼인 신고
를 하지 않은 상태라는 사실이 계속 맴돌았다. 인천항에서 처
음 실물로 마주한 남편은 사진 속 모습보다 어리숙해 보였다.
'무던하고 착한 사람'이라는 사촌 고모의 말이 틀린 것은 아니
었는데, 마음이 따뜻하고 배려가 있어서 착한 게 아니라 어리
숙하고 기를 못 펴고 산 사람처럼 보였다. '자기 집도 있고 차

도 있고 직업도 있는' 것도 모두 사실이었다. 남편은 주차장에 늘어선 수많은 자동차 사이에서 덩치는 크지만 어쩐지 짐차 같은 느낌이 드는 허름한 차로 그들을 데리고 갔다. 그때는 봉고라는 이름인 줄도 몰랐던 그 차를 타고 집으로 향했다. 대로변의 번듯한 아파트를 지나쳐 굽이굽이 골목 끝에 서 있던 낡고 옹색한 4층짜리 붉은 벽돌 건물과 마주했을 때, 향숙은 어쩐지 온 세상이 자신을 속이고 있는 느낌이 들었다. 선양에서 부모님과 살던 집은 비록 방은 두 개뿐이었지만 말끔한 철근 콘크리트 아파트였다. 향숙을 맞이하러 현관에 나온 시어머니와 시아버지를 따라 집 안으로 들어오자 쿰쿰하고 매캐한 냄새가 코를 찔렀다. 사람도 집도 낯설고 어색했다. 시부모를 따라 들어간 건물의 2층에 있는 집은 꽤 넓었으나, 남편의 집이 아니라 시아버지의 집이라는 사실을 그때 처음 알았다. 간장게장을 뱉어냈을 때 새 트렁크를 끌고 다시 중국으로 돌아가야 했는지도 모른다고, 전자레인지에서 꺼낸 뜨거운 밥을 카레와 섞으면서 향숙은 생각했다.

병실에 돌아와 보니 찬투는 식판에 손도 안 댄 상태였다. 찬투는 향숙이 병실을 나갈 때와 마찬가지로 벽을 향해 돌아누운 채였다. 한 손에 수액을 꽂은 상태임에도 불편한 자세로 스마트폰을 들여다보고 있었다. 찬투는 자원봉사 센터의 윤 간사가 향숙에게 직접 전화를 걸어서 특별히 간병을 부탁한 환자였다.

삼 년 전에 캄보디아에서 온 이십대 여성 노동자가 있는데, 간단한 수술을 받아야 한다. 당연히 한국에는 돌봐줄 사람이 없어서, 향숙에게 부탁한다는 내용이었다.

"무슨 수술인데요?"

"장액성 낭선종이라고, 난소에 종양이 생겨서 그걸 제거하는 수술이래요."

"젊은 사람이 무슨 일이래요."

"처음에는 배가 불러오니까 임신인 줄 알았나 봐요. 암튼 병원에 갈 시간도 없고 한국말도 잘 못하니까 어떻게 할지 몰라서 그동안 참고 있었나 봐요. 어제 통증이 너무 심해져서 공장 기숙사에 있다가 119를 불렀대요."

"공장 기숙사에서요?"

향숙은 흔히 기숙사라 불리는 곳이 어떤 상태인지 대충 알고 있었다. 창고로 쓰던 컨테이너에 전기장판을 깔아서 잠만 잘 수 있게 만든 곳이 많았다. 원래 사람이 살려고 만든 시설이 아니라서 겨울에는 춥고 여름에는 찜통이 되었다. 대부분은 창문도 없었다. 그만해도 농촌에서 밭일하는 이들이 거주하는 비닐하우스보다는 낫다고들 했다.

"응급실에서 말이 안 통하니까 병원 측에서 우리 센터로 급하게 연락이 왔어요."

향숙은 요즘 코비드 때문에 한번 병원에 들어가면 나올 수가 없어서 일을 쉬고 있다고 우회적으로 거절하려 했다. 그러나 거듭되는 윤 간사의 부탁을 뿌리칠 수 없었다.

"향숙 샘 아니면 맡아줄 사람이 없어요. 병명은 복잡해도 간단한 수술이라니, 이삼일이면 될 거예요. 꼭 부탁드려요."

향숙은 돌아누운 찬투 귓가에 대고 이름을 불렀다. 찬투가 고개를 돌려 향숙을 바라보았다. 아무 표정도 없는 눈빛이었다.

"찬투, 밥 먹어야지? 내가 먹여줄까?"

찬투는 천천히 고개를 젓더니 다시 폰으로 눈길을 돌렸다.

"내일 수술 받으면 온종일 아무것도 못 먹을 텐데. 밥을 먹어야 기운이 나지."

향숙은 혼잣말처럼 중얼거렸다. 찬투는 내일 오전 일찍 수술이 잡혀 밤 열시부터는 물도 마시면 안 되었다. 이제 찬투는 향숙이 무슨 말을 해도 뒤돌아보지 않았다. 폰 속으로 혼이 빨려 들어가버린 것 같았다. 한국에 온 지 삼 년이 지났다니, 간단한 한국말은 알아들을 텐데. 게다가 캄보디아나 베트남에서는 한국어 시험을 통과한 사람만 보낸다고 하던데. 왠지 찬투는 한국말을 전혀 못 알아듣는 사람처럼 보였다. 정말 모르는 건지, 알아도 모르는 척하는 건지 알 수 없었다.

"자기가 안 먹을 거면 아줌마에게 먹으라고 할 것이지. 아깝네, 그거."

물병을 들고 지나가던 남희가 혼잣말처럼 중얼거렸다. 그녀는 찬투가 캄보디아 사람이라는 사실도 이미 알고 있었다.

"아휴, 엄마. 남의 일에 참견 좀 하지 말아요."

건너편 침상의 커튼이 열리는 순간 남희의 딸이 속삭이는 소리가 들렸다. 딸은 새벽에 제왕절개로 아이를 낳았다 했으니, 사나흘 뒤에나 퇴원할 것이다. 그동안은 어쩔 수 없이 서로 얼굴을 맞대고 있어야 한다. 향숙은 손도 안 댄 식판을 들고 나가면서 반찬을 어디에 따로 덜어놓아야 하나 잠시 망설였다. 식비는 꼬박꼬박 계산되어 나갈 텐데. 아마도 찬투는 고향에서 먹던 음식 생각이 간절할 것이다. 몸이 아프면 다들 어릴 때 먹던 음식이 입에 당기지 않는가. 한국에 와서 첫 겨울을 나던 끝에 향숙은 독감에 걸려 크게 아팠다. 그때 가장 생각났던 것은 고향에서 먹던 냉면이었다. 향숙을 위해 남편이 식당까지 가서 포장해서 들고 온 평양냉면은 향숙이 그리워하던 그 맛이 아니었다. 너무 밍밍했다. 갈증도 나고 남편의 수고가 미안하기도 해서 다 먹기는 먹었지만, 고향에서 먹던 냉면에 대한 갈망이 더욱 짙어졌을 뿐이다.

캄보디아 음식은 어떤 것이려나. 베트남 음식과 큰 차이가 없을지도 모른다는 생각이 들었다. 향숙은 남편과 함께 베트남에 여행 가서 먹었던 음식들을 떠올렸다. 이상하게도 향숙은 한국 음식보다 베트남 음식이 더 입에 맞았다. 면이나 빵, 떡을 많이 먹는 것이나 고기와 채소를 볶는 요리들이 중국에서 먹던 음식과 비슷했다. 반면에 남편은 향신료 냄새를 못 견뎌 했다. 호텔 뷔페에 별식으로 나온 메뚜기튀김을 아무렇지도 않게 먹는 향숙을 보고 깜짝 놀라기도 했다. 문득 병원 앞에서 베트남 음식점을 본 기억이 났다. 찬투에게 베트남 음식이라도 원하는지 물어봐야겠다는 생각이 들었다.

간병인 일을 오래 쉰 탓인지 보호자용 간이침대가 새삼 불편했다. 간호사가 들어와 열시쯤 병실의 불을 껐다. 향숙은 눈을 감고 똑바로 누워 잠이 오기를 기다렸다. 병원에서 일을 하며 깨달은 것은 세상에서 가장 긴 시간이 불을 끄고 누워서 잠들기를 기다리는 동안이라는 사실이었다. 되짚어보면 향숙은 선양을 떠난 뒤로 늘 깊이 잠들지 못했다. 목화솜 누빈 이불처럼 포근하고 두터운 잠은 다시 오지 않았다. 향숙은 밤새 좁고 딱딱한 자리에서 뒤척였다. 남희가 가늘게 코를 골았고, 찬투가 한밤중에 몇 번 통증을 참는 듯 낮게 신음했다. 새벽에 간호사가 찬투의 수액을 교체할 때 향숙은 눈을 떴다. 삼십 초쯤 눈을 감았다 뜬 것 같았다. 도저히 잠이 올 것 같지 않던 지루한 시간이 눈을 뜨면 흔적도 없이 흩어지는 짧은 순간으로 느껴졌다.

오전 일곱시쯤 찬투는 수술실로 내려갔다. 이동용 침상에 누워 하얀 홑이불을 덮은 찬투의 배가 봉긋했다. 간병인 생활이 십 년째 접어들고 있었으므로, 향숙은 수술실로 내려가면 최소 서너 시간은 소요된다는 사실을 경험으로 알고 있었다. 그러나 찬투는 두 시간이 채 안 되어 마취에서 덜 깬 상태로 병실에 돌아왔다. 수술이 잘 되었느냐고 묻는 향숙에게 간호사는 머뭇거리다가 대답했다. 개복했다가 상황이 좋지 않아 종양을 제거하지 못하고 도로 닫았다고. 향숙은 보호자가 아니라 간병인이었으므로 더는 물어보지 않았다. 물론 찬투에게는 보호자가 따로 없었으나, 이런 경우에 보통은 외국인 노동자를 돕는 센터 사람들이 법적인 문제를 상담해주거나 의료비를 지원받을 수 있는 경로를 모색했다.

'개복했다가 수술하지 못하고 도로 닫았다'라는 말의 의미가 무엇인지 향숙은 대충 짐작할 수 있었다. 악성 종양, 그러니까 암일 가능성이 있다는 이야기였다. 아니나 다를까. 조직 검사 결과를 기다려야 한다는 말을 들었고, 어떤 방식으로 수술할지 의료진이 의논하는 중이라는 이야기를 들었다. 다음 날 오후에 센터의 윤 간사가 전해준 소식이었다. 복잡한 상황이라서 윤 간사가 직접 담당 의사의 외래 진료실로 찾아가 이야기를 나누었다고 했다. 향숙에게는 전화로 찬투의 상태를 설명했다.

"모레 오전으로 재수술이 잡혔어요."

"원래 그날 퇴원했어야 하는 거잖아요?"

"수술 후에도 회복 기간을 이틀 이상은 잡아야 한다고 하네요. 향숙 샘 일정이 어떠세요? 그때까지 있어주실 수 있나요?"

"저는 길어야 나흘 생각하고 왔는데. 중요한 일이 있어서 더는 못 있어요. 다른 분을 구하셔야겠어요."

"새로운 분이 오시면 또 PCR 검사를 해야 해서요."

"어쩔 수 없죠."

"향숙 샘 어떻게 안 될까요? 찬투의 상태가 별로 좋지 않아
요."

"저도 변경할 수 없는 약속이라서요."

향숙은 윤 간사의 말을 잘랐다. 간병인 일을 오래 하면서 돌
보는 환자의 세세한 사생활이나 병명을 아는 것을 피해야 한다
는 사실을 경험으로 깨달았다. 환자의 상태에 맞춰 원하는 방
식대로 보살피되, 거리를 두어야 했다. 그렇지 않으면 마음의
부담이 너무 컸다. 몸이 힘들면 일을 그만두거나 치료를 받으
면 되지만, 환자와의 거리가 너무 가까워지면 나중에 후유증도
컸다. 환자의 병이 위중해지거나 목숨이 위태로워졌을 때 간병
하는 사람이 고스란히 그 괴로움을 느껴야 했다.

"병원비도 센터에서 예상했던 것보다 많이 나오게 생겼어
요. 의료보험이 있기는 하지만 본인부담금이 만만치 않을 거
같아서요. 찬투에게 그만한 여유가 있을지."

역시 암인가. 자기도 모르게 향숙은 한숨을 쉬었다.

"같이 일하던 동료들이 찬투가 결혼했다 하더라고요. 남편
이 있대요."

"캄보디아에요?"

"한국에 있대요. 같은 공장에 다녔는데, 지금은 다른 곳으로 옮겼대요."

정식으로 결혼한 남편이기는 한 것인가. 향숙은 물어보려다가 그만두었다. 법적인 남편이면 어떻고 아니면 어떤가. 문제는 치료비일 텐데. 윤 간사는 찬투에게 남편의 연락처를 물어봐야 하니, 통역하는 분의 전화를 꼭 받게 해달라고 부탁했다.

조금 뒤 찬투의 전화벨이 울렸다.

찬투가 통화하는 걸 지켜보다가 향숙은 폰을 열어서 용선과 만나기로 한 날짜가 언제인지 확인해보았다. 공교롭게도 나흘 뒤였다. 찬투의 수술이 모레로 미뤄졌다는 말을 듣자마자 향숙이 떠올린 것은 용선과의 약속이었다. 원래 일정대로 오늘 수술을 받았고, 찬투의 상태가 나쁘지 않았다면, 늦어도 사흘 뒤에는 퇴원할 수 있었을 테다. 하지만 상황이 바뀌었다. 아무리 경과가 좋아도 수술하고 나서 하루이틀 사이에 찬투가 퇴원할 수는 없다. 어쩌면 일주일 이상 병원에 갇혀버릴지도 모른다. 약속을 지키지 못하게 되었다는 데 생각이 미치자, 갑자기 가슴이 답답해졌다. 꼭 할 이야기가 있다는 용선의 전화를 받고 나서는 며칠 망설였고, 만나지 말아야겠다는 쪽으로 마음이 기울기도 했다. 그러나 이제 향숙은 자신이 그를 간절히 만나고 싶어 한다는 사실을 깨달았다.

용선의 소식은 한국에 있는 선양 사람들을 통해 쭉 듣고 있

었다. 향숙은 용선이 군에 입대하고 일 년이 채 지나지 않아 한
국으로 왔다. 어떻게 해서든 중국을 떠나 한국에 정착하기 위
해서였다. 용선은 사 년의 군 복무를 끝내자마자 친척 방문 비
자를 받아 한국에 들어왔다. 농민공 출신 조선족이 당원이 되
기는 쉽지 않았다. 오히려 다른 사람들처럼 불법 체류의 길을
선택해서 돈을 버는 게 더 쉬웠을지도 모른다. 처음 향숙의 귀
에 들어온 소문은 용선이 갈빗집에서 고기 불판 닦는 일을 하
다가, 냉면 뽑는 기술자가 되어 주방장으로 일한다는 이야기
였다. 용선을 만날 생각만 있으면 물어물어 찾아갈 수도 있었
다. 그러나 용기가 나지 않았다. 몇 년 지나지 않아 고향 사람
들 사이에서 용선이 중국 음식 식자재 총판사업을 인수해서 엄
청난 돈을 벌어들인다는 소문이 퍼졌다. 재외동포법이 개정되
면서 불법 체류자 신분에서도 벗어났다. 한국에서는 돈으로 해
결할 수 있는 일이 많았고, 용선은 야심이 크고 의지가 강한 사
람이었다. 향숙이 잊을 만하면 소식이 들려왔고, 소문 속의 용
선은 점점 더 부자가 되어가는 것 같았다. 칠 년 전쯤, 마침내
용선이 결혼한다는 소식이 들려왔다. 마흔을 넘기기 직전이었
다. 열 살쯤 어린 한국 처녀와 결혼식을 올린다고 했다. 서울에
사는 사촌 고모가 강남의 무슨 호텔에서 한다는 결혼식 구경을
가자고 했다. 그러나 그즈음 향숙의 남편이 현장 소장에게 맞
아서 입원했고, 따지러 찾아간 시아버지가 현장 소장을 폭행했

다는 죄목으로 잡혀가고 말았다. 결혼식이고 뭐고 따라나설 경황이 없었다.

정식으로 고백한 적은 없으나, 말하자면, 용선과 향숙은 서로에게 첫사랑인 셈이었다. 입대하기 전에 용선은 사오년 복무하고 나서 제대하면 당원이 될 수도 있고, 그러면 공무원으로 일할 수 있으니, 그때까지 결혼하지 말고 기다려달라고 했다. 향숙은 기다리겠다고 대답하지 않았으나, 기다리지 않겠다고도 하지 않았다. 그때는 너무 어렸지. 향숙은 한숨을 쉬었다. 너무 어려서 자기 마음을 몰랐고, 그 자리보다 더 좋은 세상이 기다리고 있을 거라는 기대가 있었다.

향숙도 용선 못지않게 미래에 대한 야심이 있는 사람이었다. 마음이야 얼마든지 달리 먹을 수 있다는 생각은 젊었기 때문에 할 수 있었다. 고작 스무 살이 넘었을 때니까. 그 무렵 향숙은 한국 사람이 운영하는 양말공장에 다니고 있었다. 같은 공장에서 일하는 공인들은 한국에 가면 같은 일을 해도 임금이 네다섯 배라고 수군거렸다. 한국에 오고 가며 보따리 장사를 해서 큰돈을 버는 사람들이 주위에 막 생기던 시기였다. 친척을 통해 일찌감치 한국에 들어가 자리를 잡은 사촌 고모가 어느 날 향숙의 부모에게 괜찮은 신랑감이 있다는 편지를 보냈다. 향숙은 공장에서 겪은 한국인 관리자들이 너무 오만한데다가 겉과 속이 달라 보여서 그들과 결혼할 엄두가 나지 않았다. 편지에 들어 있던 사진 속 남편의 얼굴은 선량해 보였다. 나이도 향숙보다 세 살 위라고 했다. 한국에는 없는 게 없고, 부엌에는 가전제품들이 그득해서 살림하기도 너무 쉽다고, 여자가 할 일이 없다고, 공장에 나가 돈만 벌어도 되니, 쉽게 부자가 될 수 있다고 사촌 고모는 편지에 적었다.

찬투는 아침 일찍 수술실에 들어갔다. 향숙은 간병인 일을 하는 언니들에게 전화를 돌렸다. 이틀만 찬투를 돌봐달라고 부탁할 작정이었다. 언제든지 올 수 있을 거라고 예상했던 현란 언니는 지금 중국에 들어가 있다고 했다. 코비드 유행 이후로 중국 교포에 대한 거부감이 심해져 일이 없었고, 갈 수 있는 곳은 요양원뿐인데 교대도 못하고 갇혀 있는 신세가 감옥살이와 다를 바 없어서 잠시 쉬고 있노라 했다. 모두 사정이 비슷했다. 중국에 들어간 이들이 많은데, 간병인 수요는 늘어나서 한국 언니들은 모두 일을 하고 있었다. 향숙은 서너 통쯤 전화를 더 돌려보다가 포기하고 말았다.

빈 침상 옆에 우두커니 앉아 있는 향숙에게 남희가 다가와 투명한 플라스틱 상자에 들어 있는 치약과 칫솔 세트를 건넸다.

"이게 프로폴리스라고 잇몸에 엄청 좋은 거야. 내가 잇몸에 고름이 자꾸 잡혀서 맨날 아프고 고생이 말이 아니었어. 치과에 다녀도 치료받을 때뿐이지. 항생제 계속 먹고 그러면 위에도 안 좋고. 그런데 이 치약으로 닦은 다음에는 고름이 없어지고 잇몸이 말짱해졌어, 이것 봐?"

남희는 향숙의 눈앞에 얼굴을 들이대고 입술을 잡아 올려 자기 잇몸을 보여주었다. 향숙은 치솟는 짜증을 참았다. 아마도 마케팅 교육받을 때 배운 기술이겠거니 짐작했다. 남희는 좋은 치약을 혼자만 쓰기 안타까워 향숙에게 주는 거라고 생색을 냈다. 요점은 치약을 써보고 나서 좋으면 자기에게 다시 주문하면 된다는 거였다. 향숙은 남희가 다단계로 생필품을 판매하는 조직에 속해 있음을 쉽게 짐작할 수 있었다. 아니나 다를까, 남희는 향숙에게 회원 가입을 권했다.

"아직 젊으니까 간병인 일을 할 수 있는 거지. 나이 들어봐, 몸 쓰는 일은 곧 못하게 돼. 이 회사 물건이 아주 좋거든. 한번 써보면 사람들이 자꾸 사려고 해. 회원가로 사면 더 싸니까 회원으로 가입하는 게 더 이익이야. 게다가 자기 밑으로 회원을 자꾸 집어넣으면 직접 물건을 안 팔아도 입금이 착착 된다니까."

그래서 나를 회원으로 집어넣으려 한다는 말인가. 누군가에게 들은 말을 앵무새처럼 옮기는 듯한 남희의 어리숙하면서도 집요한 권유가 어이없었으나, 향숙은 그냥 웃으면서 듣고만 있었다. 그러자 남희는 막무가내로 회원 가입서를 들이밀었다. 서류 맨 위에 박남희라는 이름이 적혀 있었다.

"회원 가입은 더 생각해 볼게요. 치약은 그렇게 좋다고 하시니 지금 두 개만 주문할까요?"

"두 개? 원래 치약은 다섯 개가 한 세트야. 우리는 세트로만 팔거든. 지금 줄까?"

남희는 딸이 누워 있는 건너편 침대 밑에서 물건이 잔뜩 들어 있는 상자를 끌어내더니 치약 다섯 개를 꺼내 왔다. 귀한 간장게장을 거절한 죄로, 향숙은 어쩔 수 없이 폰뱅킹으로 남희에게 치약 다섯 개 값을 입금해주었다.

"역시 젊은 사람이라, 핸드폰으로 돈도 보낼 줄 아네. 어서 회원 가입해. 똑 부러져서 사업도 잘하겠네."

커튼 저쪽에서 남희의 딸이 투덜거렸다. 화장실에 가야 하는데 침상 주위에 어질러져 있는 상자들 때문에 발 디딜 곳이 없다는 볼멘소리가 흘러나왔다. 두 사람이 서로에게 껄끄러운 말들을 주고받는 틈에 향숙은 슬그머니 휴게실로 나왔다. 사람이 없는 빈 소파를 골라 앉아서 텔레비전을 보고 있는데, 남희가 따라 나와 옆에 앉았다.

"애는 저만 낳았나. 나는 애를 셋이나 낳았지만, 몸조리라는 걸 한 적도 없네. 아들 하나 낳은 걸로 유세는."

혀를 차는 남희를 향해 향숙이 물었다.

"따님은 내일 퇴원하시나요?"

"조리원에 자리가 없어서 모레 아침에 나갈 거래."

"조리원이요? 집에서 어머니가 돌봐주시는 게 아니고요?"

"조리원 들어가는 돈의 반만 나를 주면 얼마나 좋아? 집에서 편히 지낼 수 있을 텐데."

남희는 시큰둥하게 대답했다. 향숙이 옆에서 지켜보니 딸과 어머니의 사이가 그리 원만하지 않았다. 병실을 드나드는 간호사든 옆 방 환자든 가리지 않고 판촉물을 돌리면서 회원 가입을 권하는 어머니를 딸은 수치스럽게 여겼다. 저녁 늦게 남편과 통화하면서 어머니에 대한 불만을 토로하곤 했다. PCR 검사를 받지 않아도 휴게실에서 잠깐 환자를 면회할 수도 있었으나, 그것을 아는지 모르는지, 사위는 단 한 번도 병원에 오지 않았다.

"이런 일 하면 하루에 얼마를 받아?"

남희가 불쑥 물었다. 향숙은 일에 따라 다르고, 환자에 따라 다르다고 어물쩍 넘어갔다.

"입주 간병인으로 들어오라는 데가 있는데 월 사백을 주겠다고 하더라고."

간병인 일당을 생각하면 상당한 돈이지만, 입주해서 하는 일이라면 쉬는 날이 거의 없다고 봐야 한다. 게다가 환자를 돌보는 일 말고도 청소나 빨래, 식사 준비까지 다 해야 할 것이다.

"간병 일 해본 적 없으실 거 같은데요. 보기보다 힘든 일이에요."

"내가 사업하다가 빚을 좀 졌어. 눈 딱 감고 이 년만 고생하면 그거 다 갚을 수 있을 거 같아서 그래."

남희는 향숙에게 그동안 했던 사업들을 나열했다. 아파트 상
가에서 했다는 옷 가게. 앞으로 벌고 뒤로 밑지는 장사였어. 그
다음에는 건강식품 대리점. 본사에서 떠맡기는 물건 처리하다
가 빚만 졌고, 배달 나갔다가 교통사고까지 당했어. 남희의 사
업 실패담은 끝이 없었다. 자기 차를 들이받은 택시 회사와 여
전히 소송 중이라는 이야기를 끝으로, 남희가 불쑥 물었다.

"아까 전화하는 거 들었는데, 자기 대신 간병할 사람을 찾나
봐?"

"수술이 미뤄지는 바람에 예정보다 병원에 더 오래 있게 되
어서요. 중요한 약속이 있거든요."

향숙이 말끝을 흐리는데, 식판 카트가 휴게실 앞으로 지나갔
다. 남희가 딸의 저녁밥을 챙기러 들어가고 난 뒤, 향숙은 폰을
열어 용선이 보낸 문자를 찾아보았다. '선릉역 5번 출구 앞 감
미정 다섯시.' 향숙은 망설였다. 아무래도 그날 약속을 지키지
못할 거 같다고 미리 말해야 할까? 다시 약속을 잡자고 할까?
어쩐지 그렇게 말하면 용선은 없던 일로 하자고 딱 자를 것만
같았다. 자존심 강하고 욱하는 성질이 있던 예전 용선의 모습
이 떠올랐다.

찬투의 간병인으로 들어오기 바로 전날의 일이었다. 낯선 전
화번호가 폰에 떠서 PCR 검사에 문제가 있는지도 모른다는 생

각에 급히 통화 버튼을 눌렀다. "나다." 용선이었다. 그렇게 금세 그의 목소리를 알아들을 수 있어서 놀랐고, 너무 갑작스러워서 놀랐다. 말문이 막힌 향숙에게 용선은 할 이야기가 있으니 만나자고 했다. 그러면서 다짜고짜 차가 있느냐고 물었다. 향숙이 없다고 대답하자, 그럼 2호선을 타고 선릉역으로 오라고 했다. 전화번호를 어떻게 알았는지 궁금했으나, 어쩐지 용선은 오래전부터 향숙의 삶을 다 지켜보고 있던 것 같았다. 향숙이 고향 사람들에게 용선의 소식을 묻곤 했던 것처럼. 향숙은 왜 만나자고 하는 건지, 갑자기 무슨 일인지 떠듬떠듬 물어보았다. 용선은 잔뜩 화난 듯한 목소리로, 너야말로 왜 이제껏 자기에게 연락하지 않았느냐고 되물었다.

"소식 들었다. 남편과 갈라섰다며?"

우리는 이십 년 동안 서로 다른 사람들 입을 통해 소식을 들으며 살지 않았느냐. 다른 사람과 결혼한 너에게 새삼 왜 내가 이혼한 이야기를 해야 하는 거냐. 향숙은 되묻고 싶었다.

"선릉역 근처 식당에 곽용선 이름으로 다섯시에 예약해둘게. 식당 이름은 문자로 보낸다."

용선은 일방적으로 통보하듯 말하고 전화를 끊었다. 향숙은 그 식당이 어디에 있는지 눈을 감고도 찾아갈 수 있었다. 부평 집에서 나와 무슨 일이든 닥치는 대로 할 때 강남에 있는 고깃집에서 여섯 달쯤 서빙 일을 한 적이 있었다. 용선이 말하는 식당은 고깃집 바로 옆에 있는 한식집이었다. 근처에 선릉이라는 공원이 있다는 것도 그때 처음 알았다. 향숙은 고깃집으로 출퇴근하면서 선릉이라는 이름을 볼 때마다 용선과 자주 가던 선양의 북릉 공원을 떠올리곤 했다. 혹시 용선도 향숙과 비슷한 생각을 했던 건 아닐까?

예상보다 수술 시간이 길어져, 찬투는 여섯시가 넘어서 병실로 돌아왔다. 마취에서 깨어나지 못해서 회복실에 오래 있었다고 했다. 오한이 나는 듯 홑이불을 덮고 있는 몸이 덜덜덜 떨리고 있는 게 눈으로 보일 정도였다. 향숙은 담요로 찬투의 몸을 감싸주고 손발을 주물러주었다. 아직 의식이 혼미한 상태인 찬투의 창백한 뺨에 눈물이 흐르고 있었다. 향숙은 수액을 꽂으러 온 간호사에게 수술이 잘되었는지 조심스럽게 물었다. 간호사는 담당 선생님이 회진 돌 때 알려줄 거라고 성의 없이 대답했다. 향숙은 한숨을 쉬었다. 찬투에게는 보호자가 없으니, 경과가 어떤지 의사에게 누가 물어볼 것인가. 향숙은 윤 간사에게 찬투의 수술이 끝나서 병실로 돌아왔다고 카톡을 보냈다.
　다음 날 오후 늦게 윤 간사에게 전화가 왔다. 의사와 통화했는데, 찬투의 수술이 잘되었다는 얘기였다. 찬투가 알아듣도록 잘 설명해달라고 해서, 향숙은 잠깐 통화를 멈추고 나름 애써서 윤 간사의 말을 전했다. 찬투는 늘 그렇듯이 아무 표정도 없어서 알아들은 것인지 아닌지 짐작도 할 수 없었다.

"항암 치료를 받으려면 잘 먹어야 하는데, 찬투가 밥은 잘 먹나요?"

윤 간사가 향숙에게 물었다.

"아니요. 아직 가스가 나오지 않아 아무것도 먹지 못했어요. 수액만 맞고 있죠. 진통제가 들어가서 그런지 계속 잤어요."

"다라를 찾았다는 말도 전해주세요. 남편이요. 다행히 다라가 병원비를 낼 수 있다고 했어요. 곧 찬투에게 전화하겠다고 했어요."

다라의 이름을 듣자, 아무 표정도 없던 찬투의 얼굴이 살짝 일그러졌다. 처음으로 스스로 몸을 일으키려 해서 향숙이 침상을 세워주었다. 찬투는 자기 스마트폰의 배터리를 확인하더니 화장실에 가겠다고 했다. 세면대 앞에서 제 얼굴을 확인하는 모습을 보고 향숙이 가방 속에서 머리빗을 찾아서 갖다주었다. 찬투는 거울 속 제 모습이 낯선 듯한 표정이었다.

다라와 영상 통화를 하는 동안 찬투는 폭풍 같은 눈물과 말을 쏟아냈다. 이제까지 무표정하고 냉랭하게 누워 있던 사람이 맞는가 싶었다. 대화의 내용은 알 수 없었으나 찬투가 오래 서럽고 아팠다는 느낌이 절절했다. 옆 침상의 커튼을 들추고 나온 남희도 혀를 쯧쯧 차며 찬투의 모습을 지켜보았다. 통화가 끝난 뒤에도 찬투는 울음을 그치지 않았다. 향숙이 따뜻한 물수건으로 찬투의 얼굴을 닦아 주자, 흐느낌이 잦아들며 딸꾹질을 시작했다. 새 환자복으로 갈아입히면서 물수건으로 대충 몸을 닦아주었다. 찬투는 말간 얼굴이 되어 다시 침상에 누웠다. 전화 몇 통화를 했을 뿐인데 하루가 쉽게 저물었고, 향숙은 여전히 좁고 불편한 의자에서 밤새 뒤척여야 했다.

전날 저녁에 가스가 나온 것을 간호사에게 알렸으므로, 찬투의 아침 식사로 흰죽이 나왔다. 찬투는 몇 숟가락 뜨다가 말았다. 수액을 맞고 있으니 배가 고프지 않을 것이다. 향숙은 식판을 치우고 나서 스마트폰만 들여다보고 누워 있는 찬투에게 샤워하겠느냐고 물어보았다. 찬투는 고개를 저었다. 아직 기운이 없는 것 같았다. 향숙은 침대 옆에 앉아 찬투라는 이름이 무슨 뜻이냐고 물었다. 꽃, 꽃이에요. 언제나 대답 없이 멀뚱하게 쳐다보기만 하던 찬투가 웬일로 더듬더듬 대답했다. 그렇지, 삼 년이나 한국에 있었다면서 말을 못 알아들을 리는 없었다. 찬투는 한동안 폰에서 뭔가를 열심히 검색하더니 향숙에게 보여주었다. 초록색 꽃대에 섬세하고 길쭉한 백합 같은 흰 꽃 사진이었다. 한국어 이름은 월하향이라고 적혀 있었다. 향숙은 그러면 다라는 무슨 뜻이냐고 물었다. 찬투는 다시 무엇인가를 검색해서 향숙에게 보여주었다. 짙은 남빛 하늘에 별들이 총총 떠 있는 그림이었다. 아, 다라는 별이라는 뜻? 찬투가 웃으며 고개를 끄덕였다. 꽃과 별이네. 향숙은 한숨처럼 중얼거렸다.

찬투는 점심 식사로 나온 밥과 미역국도 한두 숟갈 뜨다가 말았다. 식판 위에서 식어가는 음식을 바라보며 향숙은 한숨을 쉬었다.

"거의 사흘을 그냥 굶었는데 어서 좀 먹어. 잘 먹어야 빨리 낫지."

이제 찬투가 한국말을 알아듣는다는 것을 알게 된 향숙이 밥을 더 먹으라고 강권했다. 찬투는 안 먹어요, 중얼거리며 고개를 저었다.

"찬투 뭐 먹고 싶어? 먹고 싶은 거 있으면 사다 줄게."

찬투는 좋다, 싫다, 하는 말 없이 희미하게 미소를 지었다. 손도 안 댄 소고기와 버섯볶음이 아까워서 향숙은 찬투가 남긴 음식을 유리 용기에 담았다. 오전에 남희와 딸이 퇴원한 뒤 아직 맞은편 침상에 다른 환자가 들어오지 않아서, 병실에는 찬투와 향숙뿐이었다. 향숙이 빈 식판을 들고 병실 문을 나서려는데, 남희가 급한 걸음으로 들어섰다.

"아니, 어쩐 일이세요?"

"아휴, 내가 침대 밑에 저 물건들을 안 챙겨 갔어. 입원비 정산하고 아기 데리고 나오고 하느라 정신이 없어서."

식판을 카트에 내려놓고 오니 남희가 가지 않고 향숙의 보호자용 의자에 앉아 있었다. 왜 안 가고 있는지 의아했으나 그렇다고 대놓고 물을 수는 없었다.

"따님은 어쩌시고요?"

"사위가 차에 태워서 조리원으로 곧장 갔어. 나는 물건 가지러 온 거고."

대화가 끊어진 뒤에도 남희는 움직일 생각이 없는 듯했다. 향숙은 할 수 없이 남희 옆에 나란히 앉았다.

"오늘 뭐 중요한 일 있다며? 내가 여기 아가씨 보고 있을 테니 일 보고 와. 잠깐 나갔다 오는데 그걸 누가 알겠어?"

남희의 말에 향숙은 마음이 흔들렸다. 그렇잖아도 마지막까지 망설이다가 식판 갖다 놓고 오면서 용선에게 약속 못 지킨다는 문자를 보낼 마음을 먹은 참이었다.

"그래도 괜찮으시겠어요?"

"나중에 그쪽이 받는 시급으로 계산해줘."

남희는 계면쩍은 듯 싱거운 웃음을 지으며 말했다. 향숙은 찬투에게 양해를 구한 뒤, 남희의 전화번호를 폰에 입력했다.

고작 닷새를 갇혀 있었을 뿐인데 병원 밖으로 나오니 세상이 달리 보였다. 그러나 발걸음이 가볍지는 않았다. 엊저녁에 향숙은 찬투의 몸을 물수건으로 닦아주고 옷을 갈아입히면서 목격한 수술 자국을 떠올렸다. 명치에서부터 배꼽 아래까지 길게 이어진 붉은 줄 위로 일정한 간격으로 스테이플이 박혀 있었다. 팔다리에는 곳곳에 검은 피멍이 커다랗게 자리 잡고 있었다. 향숙이 이게 뭐냐고 묻자, 찬투는 아팠어요, 많이, 이렇게, 대답하며 몸을 크게 움직였다. 고통을 이기지 못해 몸부림을 치다가 벽이나 어딘가에 부딪혀 멍이 든 것 같았다. 향숙은 자기도 모르게 콧날이 시큰했다. 젊디젊은 사람에게 닥친 재앙이라니. 혹시 공장에서 얻은 병은 아닐까. 향숙은 찬투에게 무슨 일을 하는 공장에 다녔는지 물어보려다가 그만두었다. 환자를 돌보면서 늘 머뭇거리는 지점에서 다시 멈추고 만 것이다. 그냥. 내가 할 수 있는 일. 그것만 최선을 다하자. 향숙은 뜨거운 물수건으로 팔다리를 닦아주면서 다시는 찬투가 그렇게 아프지 않기를 마음속으로 바랐다. 이 모든 고통이 끝나고 나면, 찬투의 부모가 꽃이라는 이름을 딸에게 주었을 때 바랐던 마음 그대로 살기를 바랐다.

지하철역으로 가는 마을버스를 타러 가는 중이었다. 아직 두 시가 안 된 시각이었으므로, 지하철역까지 삼십 분쯤 걸린다고 해도 선릉역까지는 전철을 타면 한 시간이면 충분했다. 약속 시간인 다섯시보다 한 시간 이상 일찍 도착할 것이다. 그래도 향숙은 얼른 병원 주위를 벗어나고 싶었다. 걷고 있는 향숙의 눈앞으로 갑자기 '선릉역'이라는 글자가 휙 지나갔다. 빨간색 광역버스 옆구리에 적힌 글자였다. 글자를 보자 향숙은 지금 당장 버스를 타야 한다는 절박함을 느꼈다. 지금이 아니면 안 될 것 같았다. 지금 그 버스를 잡아타지 않으면 영영 간병인 생활에서 벗어나지 못할 것이고 영영 용선을 만나지 못할 것이라는 미신 같은 느낌에 사로잡혔다. 향숙은 버스를 뒤따라 도보 위를 달렸다. 빨간색 버스는 도로 중앙에 있는 정류장에 잠시 섰다가 향숙이 횡단보도의 신호등이 바뀌기를 기다리는 동안 사람들을 태우고 시야에서 사라졌다.

신호등이 푸른색으로 바뀌었으나, 향숙은 길을 건너지 않고 잠시 숨을 고르며 서 있었다. 버스가 사라지자, 그토록 간절하던 마음이 이상하게도 금세 가라앉았다. 그래, 과거는 흘러간 거지. 그 시절의 용선도 지금은 없는 거지. 향숙은 몸을 돌려 시내 방향으로 걷기 시작했다. 꽃과 별. 별과 꽃. 걷고 있는 향숙의 입에서 자기도 모르게 그런 말이 흘러나왔다. 우리에게도 꽃과 별 같은 시간이 있었다는 생각이 왠지 위로가 되었다. 식당들이 밀집해 있는 거리가 나타나자, 향숙은 주위를 살펴보았다. 베트남 쌀국수를 파는 식당이 눈에 띄었다. 점심시간이었음에도 식당 안에는 손님이 얼마 없었다. 향숙은 메뉴판을 보며 잠시 망설이다가 분짜와 새우튀김을 포장해달라고 했다. 수술하고 난 뒤 회복하려면 단백질이 많이 필요할 것이다. 음식을 기다리다가 문득 남희가 생각나서 분짜를 하나 더 추가했다. 음식이 나오는 걸 기다리는 동안 향숙은 식당의 통유리창 밖을 내다보고 있었다. 옆구리에 '선릉역'이라고 적힌 빨간색 버스가 또 지나갔다. 서글픈 마음이 잔물결처럼 일었다.

"주문하신 음식 나왔습니다."

　향숙은 주인이 건네는 하얀 비닐봉지를 받아 들고 값을 치렀다. 식당 문을 열고 거리로 나와 병원을 향해 걸었다. 걷다가 멈춰 서서 도로 중앙에 있는 정류장에 버스들이 한꺼번에 여러 대씩 몰려왔다가 우르르 떠나는 모습을 한참 지켜보았다.

　병원 입구는 문진표를 작성하는 사람들로 붐비고 있었다. 향숙은 경비원에게 보호자 명패를 들어 보였다. 그러자 제복을 입은 경비원이 먼저 들어가라고 손짓했다. 병원으로 걸어 들어가면서 향숙은 용선에게 문자를 보내야겠다고 생각했다. 아무 말 없이 약속 장소에 나가지 않는 것보다는 나을 것이고, 나중에 용선을 만날 기회가 또 생기더라도 그렇게 면목이 없지는 않을 것이다. 차라리 안 만나는 게 서로에게 좋을 수도 있고. 그래도 용선이 전화해준 것이 앞으로 오랫동안 향숙을 살게 해줄 힘이 될 거라는 생각도 들었다. 향숙은 찬투에게 먹일 국수가 붙지 않았기를 바라며 엘리베이터 앞으로 서둘러 걸어갔다.

마음의 경로

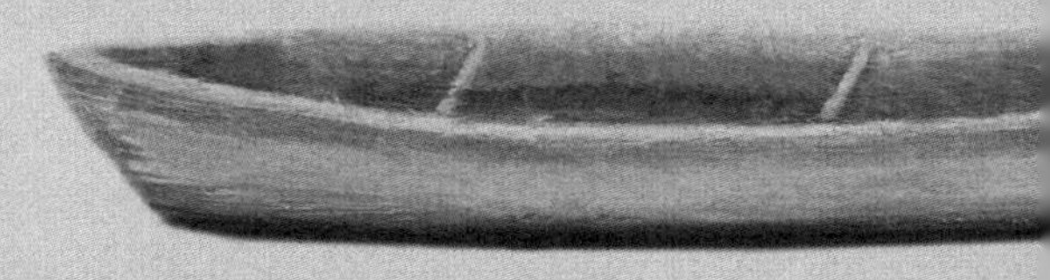

마음의 경로

규

　모르는 번호로 걸려오는 전화를 받는 일은 거의 없었다. 그
날은 무심코 받았다. 아니, 왠지 받아야 할 전화 같은 느낌이
들었다.

“우리 집에 좀 가봐주겠어요? 미연이한테.”

　처음 전화를 받았을 때 내 귀를 의심했다. 영락없는 여주의
목소리였으므로.

“우리 애가 그렇게 된 다음에…… 미연이 만난 적 있어요?”

　여주가 아니라 그녀의 어머니였다. 말문이 막혔다. 무엇이든

적당한 말이 있을 것 같은데, 겉치레로 들리지 않으면서도 예의 바른, 그리고 진정으로 용서를 구하고픈 마음을 표현할 수 있는. 결국 나는 그런 말을 찾지 못한 채 침묵할 수밖에 없었다.

"미연이가 이상해요. 이렇게 전화로 할 얘기가 아니지만."

여주의 어머니는 울먹이기 시작했다. 울 수 있어서 다행이라고 나는 생각했다.

이제 겨우 한 달이 지났다. 여주의 장례식에는 가지 않았다. 갈 만한 입장도 아니었지만 가고 싶지 않았다. 미연과 얼굴을 마주하는 것도 꺼려졌다. 어떻게 지내고 있는지조차 궁금하지 않았다. 모든 일을 잊고 싶었다.

"미안해요. 에미라는 사람이 규 학생한테 이런 부탁하는 거 말도 안 된다는 걸 알지만. 하지만 오늘 아침에 미연이가 현관에 서 있는데, 얼굴을 보니까 글쎄…… 겁이 덜컥 나더라고요."

혹시 미연이 문을 열어주지 않으면 어떡하느냐고 묻자 여주 어머니는 현관문 비밀번호를 불러주고 전화를 끊었다. 규 학생이라니. 그녀가 계속 나를 학생이라고 부르는 통에 정신이 산란해져서 무슨 얘기를 하는 건지 더 종잡을 수 없었다. 도대체 미연이가 어떻게 되었다는 말인지. 나는 일단 미연에게 전화를 걸어보았다. 휴대폰은 꺼져 있었다. 집 전화는 아무리 오랫동안 벨을 울려도 받지 않았다. 슬그머니 걱정이 되기 시작했다. 어쩌다가 이런 일에 말려들어버렸는지. 경찰서에서의 일을 마지막으로 모든 상황이 끝나기를 바랐는데.

"운전은 누가 했나요?"

운전은 여주가 했다. 그것은 틀림없는 사실이었다. 하지만 여주는 죽었고, 나와 미연은 살아남았다. 죽은 사람한테 모든 일을 떠넘기는 것 같아 마음은 불편했다.

"술 드셨습니까?"

여주는 마시지 않았다. 나와 미연은 잠깐 들렀던 호숫가 카페에서 맥주 몇 병을 나눠 마셨다. 지금 생각하면 애초에 내키지 않는 길을 따라나선 것이 잘못이었다.

"어떤 관계지요?"

미연은 나의 여자 친구이고, 여주는 미연의 언니였다. 친자매는 아니에요. 미연이 정정했다. 부모님이 재혼해서 자매 관계가 되었어요. 무표정하게 모니터를 바라보고 있던 경관이 고개를 들더니, 내 얼굴을 흘낏 바라보았다. 물론 나도 알고 있었다. 여주가 우리 집에 왔던 날 그녀가 말해주었다. 돌이켜보면 그날 여주를 우연히 만났던 순간, 그 시점에서부터 뭔가 일이 꼬이기 시작했던 것 같다.

"무슨 안 좋은 일이 있었습니까? 말다툼을 했다든가."

말다툼 같은 건 없었다. 나 혼자 뒷좌석에 앉아 있었고, 나로서는 잘 이해할 수 없는 두 사람만의 대화가 오가고 있었다. 술

기운 탓이었는지 나는 약간 졸고 있었던 것 같다.

"운전자가 술을 마시지 않았다는 게 사실인가요? 이해가 안 가는군요. 초보 운전도 아니고, 밤도 아니었잖습니까? 뒤따라오는 차도 없던 것 같다고 했고. 커브가 심한 길이긴 하지만 워낙 한적한 곳이고요."

다시 모니터를 바라보면서 기계적으로 자판을 두드리며 경관은 같은 질문을 되풀이했다.

"다시 한번 기억해보시지요. 정말 별다른 일이 없었나요?"

차갑고 건조한 느낌의 섹스였다. 놀랍게도 여주는 전혀 경험이 없다고 했다.

"이 정도라면 참을 만해. 좋아할 수 있을 것 같지는 않지만."

처음이라는 말을 듣고 괜찮으냐고 묻자, 여주는 그렇게 대답했다. 여주와 대화를 주고받으면서 나는 미연을 떠올렸다. 아무리 손을 닦아도 끈적함이 사라지지 않는 느낌 같은 후회가 몰려왔다. 담배를 사러 나갔다가 여주와 마주친 날이었다. 그녀는 잠이 안 와 산책을 나왔다고 했다. 미연의 집과 나의 오피스텔은 걸어서 오 분 정도의 거리에 있었다. 따로 약속하지 않아도 길에서 우연히 만나기도 했고, 밤늦은 시각에 통화하다가 아파트 놀이터나 가까운 공원에서 만나 캔맥주를 마시고 헤어질 때도 있었다. 그러나 여주를 우연히 만난 것은 처음이었다.

밤늦은 시각에 뜻밖에 아는 사람을 만나니, 별 이유 없이 반가웠고 그냥 헤어지기 섭섭했다. 미연의 아버지가 세상을 떠나고 보름이 좀 지났을 무렵이었다. 한동안 얼굴을 보기 힘들던 미연의 안부를 묻다가, 뒤늦게 여주에게 위로의 말을 건넸다.

"그분, 내 친아버지가 아니야. 미연이도 친동생이 아니고."

조문을 가지 못한 변명의 말이 길어지자, 별다른 반응 없이 내 말을 듣고 있던 그녀가 불쑥 내뱉은 말이었다. 나는 놀라서 뭐라고 대답할 말을 찾을 수 없었다. 친자매가 아니라는 말도 충격이었으나, 마치 수류탄에서 안전핀을 뽑아버리는 듯한 그녀의 태도도 인상적이었다. 그때 나는 분명 그녀가 나에게 보내는 어떤 신호를 감지했는데, 전혀 예상치 못했던 터라 그것은 상당히 유혹적이었다. 그전까지 여주는 나를 철저한 무관심으로 대했으며, 때로는 나를 싫어하나 싶을 정도로 차가웠다.

처음 봤을 때부터 여주가 좀 이상하다는 느낌을 받긴 했다. 하지만 불쾌하거나 나쁜 느낌은 아니었다. 여주는 한눈에 마음을 흔드는 미인은 아니었지만, 길에서 마주쳤다면 몇 걸음 걷다가 돌아보게 만드는 매력이 있었다. 무엇보다도 속을 짐작할 수 없는 태도가 호기심을 자아내게 했다. 언니인데도 미연과는 닮은 느낌이 전혀 없었다. 언젠가 그런 얘기를 슬쩍 꺼냈더니, 미연은 어느 집도 자매끼리 비슷한 경우는 거의 없다고 단언했다. 아니, 쌍둥이처럼 닮은 사람들이 얼마나 많은데? 나의 반론에 미연은 그런 사람들을 한 번도 본 적 없다고 우기다가, 언니는 아버지를 닮았다고 덧붙였다.

미연이 친동생이 아니라는 말을 내던지듯 하고 나서, 여주는 내 얼굴을 빤히 쳐다보았다. 그녀는 뼈의 윤곽이 드러날 정도로 마른 몸이어서 정말로 내 취향이라고는 할 수 없었다. 아니, 몸의 문제는 아니었다. 내 상상 속에서 여성은 마시멜로우처럼 부드럽고 하얗고 달콤한 존재였다. 나의 욕망이든 실수든 부족함이든 모르는 체하고 받아주는 다정함으로 가득 차 있어야 했다. 내 안에는 이미 무관심이나 냉담이 차고 넘쳤다. 그것을 녹이는 존재가 필요했다. 언젠가 미연이 하던 말을 떠올렸다. 여주가 스스로 살이 쪘다고 생각하기 때문에 평소에 거의 아무것도 먹지 않는다는 것. 그때 나는 여주가 정상이 아니라고 생각했다. 내가 간섭할 문제가 아니었으므로 그냥 흘려버리긴 했지만.

결국 그날 나는 여주를 집으로 데려갔다. 망설임이 없었던 것은 아니었으나 그녀가 무엇을 원하는지 너무도 명백했고, 어쩐지 나는 그것을 외면할 수 없었다.

여주

"아니, 너?"

그뿐이었다.

아침에 문밖에 떨어져 있는 신문을 집어 들고 들어오다가, 여느 때처럼 시간에 쫓기며 집을 나서는 어머니와 마주쳤다. 갑자기 어머니 입에서 외마디 비명에 가까운 말이 튀어나왔다. 깜짝 놀란 듯도 하고 나를 나무라는 것 같기도 했다. 하지만 그뿐, 늘 하던 대로 내가 먼저 고개를 돌리며 몇 걸음 움직이자, 어머니 역시 더 이상 아무 애기 없이 그냥 나가버리고 말았다. 등 뒤에서 현관문 닫히는 소리가 들려왔을 때, 나는 새삼스럽게 놀라기까지 했다.

'도대체 무슨 뜻이야?'

요 며칠 어머니가 집에 있는 저녁 시간에는 내 방에 틀어박혀 지냈다. 단지 며칠이 아니라 내 기억보다 꽤 긴 기간이었는지도 모른다. 어쩌면 어머니는 내가 드디어 이 집에서 사라져버렸다고 알고 있던 것일까? 아니면 그동안 늘어난 몸무게 때문에 내 모습이 너무 다르게 보인 것일까? 나 역시 침대에서 몸을 일으킬 때마다 나날이 달라져가는 무게를 느꼈다. 협탁에 놓인 핸드폰을 향해 팔을 뻗는 것 같은 간단한 동작도 힘겨웠다. 초조해진 나는 안방에 들어가 옷장 문에 달린 긴 거울 앞에 섰다.

얼굴이 몰라볼 정도로 변한 것 같지는 않았다. 거울 속에 보이는 모습이 나라는 걸 뻔히 알면서 이전과 다른 점을 세심하게 잡아내는 게 힘들었고, 이전 모습이라고 해봤자 엊그제 세수할 때 잠깐 욕실 거울에 비친 얼굴인데, 특별히 달라진 게 있을 리 없었다.

어머니에게는 다른 사람이 거울을 보지 않고는 못 배기게 만드는 특별한 재주가 있었다. 그런 옷을 입고 나가면 사람들이 보고 웃을 거야. 머리를 땋거나 묶지 않으려면 차라리 짧게 잘라야지. 어릴 때부터 성인이 된 지금에 이르기까지 자주 듣던 힐난이었다. 감탄사에 가까운 짧은 한마디 말로 기어코 거울 앞에 서게 만들다니. 어쨌든 거울 속에 비친 나는, 굳이 이름을 댈 수는 없지만 누구랑 닮은 듯도 하고, 기억할 수는 없지만 어디선가 한번 본 듯도 한, 그런 사람이었다. 눈빛은 흐릿하고, 턱의 윤곽선은 무너져가고 있었다. 일단 거울을 보게 되면 어쩔 수 없이 얼굴을 구석구석 뜯어보면서 불평을 늘어놓게 된다. 그러다가 정해진 순서처럼 나는 미연을 떠올리곤 했다.

"얘가 미연이란다, 예쁘지?"

어머니 손에 이끌려 처음 이 집 현관에 들어서던 날, 낯선 냄새와 풍경을 대할 때의 움츠러든 기분 속에서 대면한 미연은 어머니가 다짐하듯 되풀이한 말 그대로 예쁜 아이였다. 무엇보다도 나와 전혀 달랐다. 땋아 늘인 긴 머리와 창백하고 갸름한 얼굴에서부터 스스럼 없이 무심한 행동에 이르기까지. 게다가 그 아이는 곧잘 무동을 태워주는 진짜 아버지와 버젓한 자기 집을 갖고 있었다. 하지만 그 아이의 집에서 사는 대신 내 어머니를 내준 꼴이 된 나는, 아무것도 가진 게 없었다. 그럼에도, 그랬기 때문에, 첫 만남의 순간 나는 미연을 선망했고 미연에게 매혹되어버렸다.

거울 따위는 보지 말아야 했는데. 어린 시절, 『백설 공주』를 읽으며 내가 줄곧 안타깝게 여겼던 것은 바로 그 부분이었다. 계모가 거울을 들여다보며 "이 세상에서 누가 제일 예쁘냐?" 되풀이해서 묻는 장면. 나는 이야기 속의 계모에게 '거울 같은 것 들여다보지 마. 그런 것 물어보지 마. 그러면 아무 일 없잖아'라고 마음속으로 소리치곤 했다. 『백설 공주』라는 동화는 결코 아름답거나 감동적이지 않다. 그건 남이 보는 앞에서는 펼치는 것조차 껄끄러울 정도로 수치스러운 이야기였다. 나는 계모가 데리고 들어온 딸이었고, 따라서 다른 여자애들처럼 백설 공주와 나 자신을 쉽게 동일시할 수 없었다.

그러나 내가 괴로웠던 진짜 이유는 따로 있었다. 나는 늘 '나쁜 계모'라는 정체성이 드러날까 봐 두려웠다. 어머니가 아니라 내가 말이다. 미연은 모든 게 아름답고 완전했으며 선했다. 그 아이가 백설 공주임은 의심할 나위 없는 사실이었다. 따라서 미연과 대칭을 이루는 나는 어쩔 수 없이 결핍된 존재, 계모일 수밖에 없었다. 나의 의지와는 전혀 상관없는 일이었다. 아무리 거울을 보지 말라고, 마음속으로 소리쳐봤자 소용없었다.

한번 마술에 걸려들면 세상의 모든 시선이 거울로 변해버린다.

"어머, 얘네들 쌍둥이예요?"

어린 시절, 집에 초대된 손님들이나 거리에서 우연히 만난 사람들에게서 자주 이런 말을 들어야 했다. 미연과 나는 언제나 비슷한 옷과 머리 모양을 하고 있었으니까. 어머니의 일방적인 의도와 연출이었다. 그러나 조금만 더 들여다볼 여유와 눈썰미가 있는 사람들은 미연과 내가 다르다는 사실을 곧 알아차렸다.

"아니구나. 누가 언니고 누가 동생이에요?"

우리 둘을 유심히 바라보는 시선 속에서 나는 어떤 표정을 짓고 서 있어야 하는지 몰라 허둥대야 했다. 그렇게 적나라한 비교의 대상이 되는 상황 속으로 나를 밀어 넣은 어머니를, 그 무신경함을 나는 이해할 수 없었다. 때로는 어머니조차 비슷한 새 옷을 나란히 입은 미연과 나를 번갈아 바라보며 체념과 감탄이 반반 섞인 한숨을 내쉬곤 했다. 그런 눈빛과 마주할 때마다 나는 그녀가 내 어머니라는 사실이 더 견디기 힘들었다.

옷이나 머리 모양뿐 아니라 피아노를 배우는 것에서부터 발레 학원에 다니는 것까지 우리는 무엇이든 같이해야 했다. 비슷한 또래의 친딸과 의붓딸을 나란히 키우는 게 어머니에게 쉽지 않은 일이었을 것이다. 하지만 미연과 나에게도 힘든 일이었다. 우리는 무슨 일을 해도 누가 먼저 하고 싶어 했는지, 우리 둘 중 하나라도 정말 하고 싶어 한 일이었는지, 서로 점점 알 수 없게 되어버렸다. 내 것이 아닌 공동의 욕망이라니, 얼마나 맥 빠지는 일인가.

"언니도 이거 갖고 싶어?"

"언니도 할 거야?"

미연은 언제나 불안한 표정으로 내게 묻곤 했다. 무엇인가를 욕망한다는 것 자체가 장애물 경주와도 같았다. 복잡하고도 불편한 과정이었다. 저기 떨어져 있는 사과 한 개를 주우려면 철조망 사이를 조심스럽게 통과한 뒤, 다시 가로 걸려 있는 막대를 떨어뜨리지 않고 넘어가야만 하는 식이었다. 미연이 내게 철조망이었다면, 나는 그녀 앞에 가로놓인 막대기쯤이었을 것이다.

어디선가 핸드폰이 울리고 있었다. 식탁 위와 거실 소파 위를 살펴보았으나 눈에 띄지 않았다. 거울을 보러 안방에 들어갔을 때 어머니의 침대 위나 화장대 위에 놓아두었는지도 모르겠다. 아무려나 이제 나에게 특별한 용건으로 전화할 사람은 없다. 여론조사 아니면 필요도 없는 물건을 사라고 졸라대는 전화일 거다. 혹시 어머니? 나는 그냥 무시해버렸다. 만약 어머니라면, 아까 현관에서 부딪쳤을 때 미처 하지 못한 말이 있었음에 틀림없다. 하지만 왠지 받고 싶은 마음이 들지 않았다. 끊임없이 울리고 있는 벨 소리는 혼자 있는 나를 감시하고 방해하려는 의도처럼 느껴져 불쾌했다. 시끄럽게 몰아붙이는 벨소리를 피해 내 방으로 돌아갔다.

벌어져 있던 커튼 자락을 잘 여몄다. 아직 이른 아침인데도 백열등처럼 작열하는 여름 태양은 직사광선을 여기저기 내리꽂고 있었다. 너무 찬란한 빛은 착란을 일으킨다. 나는 헛구역질을 했다.

'언니!'

뒤돌아보았다. 내 방에 올 때마다 미연이 앉아 있곤 하던 침대 한 귀퉁이의 그 자리에 시트가 구겨진 채 벗겨져 있다.

'언니, 그거 병이야. 제발 커튼 좀 확 젖혀.'

나는 커튼 자락을 움켜쥔 채 다시 기억을 더듬어보았다. 어쩌면 병이라는 말은 하지 않았는지도 모른다. 미연은 부드러운 말투로 다시 이렇게 말했던 것 같다.

'아니야. 맘대로 해. 어둠은 형태나 색채가 아니라 깊이라면서? 물기 없는 슬픔이고, 온기 없는 위로라고도 했지.'

나는 왜 그런 말을 했을까. 미연에게는 집요한 구석이 있었다. 내가 했던 말이나, 어쩌다 보여준 일기장의 한 구절 같은 것을 잊어버리는 법이 없었다. 그리고 엉뚱한 순간에 그 말들을 차용증서처럼 들이밀며 나를 당황하게 했다.

'어떻게 잊어버릴 수 있겠어? 언니는 이상한 말만 하잖아.'

유리 파편 같은 미연의 웃음. 투명한 조각들이 날아와 가슴에 박혔다. 미연의 웃음에 대한 면역 능력은 나에게 없었다.

'내가 맨 처음 언니 방에 와서 잤던 날 기억나?'

한밤중에 눈을 떠보니 거미줄같이 가늘고 끈적한 팔이 목에 감겨 있었다. 언니, 무서운 꿈을 꿨어. 어두운 마루를 가로질러 오다가 고양이를 밟았다고 했다. 몽이가 소파 밑에서 웅크리고 자고 있었어. 고양이가 날카롭게 소리 지르며 미연에게 달려들었다고 했다. 무서워, 언니. 우리가 한집에 살기 시작한 지 일 년이 채 안 된 어느 날 밤이었다. 차갑고 부드러운 배가 내 옆구리에 와 닿았고, 그리고 찰싹 달라붙은 채 떨어지려 하지 않았다. 이상하게도 그 밤 내내 나는 누군가 물이 뚝뚝 떨어지는 옷을 입고 방 안을 서성대는 꿈에 시달렸다. 깨어나려고 애를 썼지만, 악몽은 끝없이 지속되었고 침대 주위를 배회하는 발걸음 소리를 밤새도록 들어야 했다. 물이 가득 고인 장화 같은 것을 신고 천천히 걸어 다니는 듯한 소리였다. 철퍽, 철퍽, 철퍽, 철퍽.

다음 날 아침이 되었을 때, 나의 은근한 기대와는 달리 아무런 변화도 일어나지 않았다. 무엇 하나 달라진 게 없었다. 마음을 가라앉히지 못한 내가 학교 가는 길에 미연의 손을 잡으려 하자 그 아이는 눈을 동그랗게 뜨고 나를 쳐다보았다.

'왜?'

왜냐고? 내 손은 아직도 머뭇거리며 미연의 손가락 끝을 잡고 있었다.

'언니, 더워.'

미연은 내 손을 뿌리치고 달려갔다. 양 갈래로 땋은 머리에는 어머니가 묶어준 분홍 리본이 흔들리고 있었다. 그때 그 아이는 여덟 살, 초등학교 1학년이었다.

그 밤 이후로도 미연은 이따금 무서운 꿈을 꾸었다면서 내 침대로 기어 들어오곤 했다. 차갑고 뜨거웠던 그 아이의 작은 몸. 봄나무에 물오르듯 내 몸속으로 스며들어오던 달콤함. 미연으로 인해 나는 다른 몸 없이는 내 몸을 느끼는 것이 불가능하다는 것을 알았다. 기쁨이란 몸의 기쁨이고, 또한 그리움이란 몸의 그리움이라는 것도. 미연이 나에게 왔던 밤, 우리를 지켜주는 아늑한 어둠 속에서 그 아이는 뺨에 돋아 있는 솜털 하나까지 전부 나의 것이었다.

그러나 아침이면 모두 제자리로 돌아왔다. 아무 생각 없이 매일 떠오르는 태양, 현기증 나는 햇빛 아래서 나는 나쁜 계모이거나 우스꽝스러운 일곱 난쟁이 중 하나였다.

'하지만 언니는 나를 미워했잖아. 그렇지?'

나는 항상 미연을 느끼고 있을 뿐이었다. 그것이 사랑인지, 미움인지, 혹은 질투인지 나는 알지 못했다. 모두 이름을 붙이기 나름이었고, 이름 따위는 나에게 아무 상관없었다. 때로는 바닥이 드러날 정도로 말라붙고, 때로는 넘쳐흐를 듯 높아지던 감정의 수위가 나를 움직였다. 나는 미연에게 사로잡혀 있었고, 그래서 나에게 그 아이는 바닷물을 끌어당겨 밀물과 썰물을 만드는 달과 같은 존재였다.

'언니는 규가 싫다고 했잖아.'

아버지가 돌아가셨을 때 이미 미연은 내 침대로 기어들던 그 가녀린 아이가 아니었다. 언제부터인가 미연은 무서운 꿈 같은 건 꾸지 않게 되었고, 따라서 우리가 나란히 잠드는 밤도 없었으며, 투명한 단호함으로 내 손을 뿌리치던 순간도 애매한 기억으로 남았다. 스무 살 무렵의 미연은 나를 친자매처럼, 둘도 없는 친구처럼 대해 주었다. 하지만 그런 다정함이 나에게는 '미연'이라는 성을 둘러싸고 있는 깊은 해자와도 같은 것이었다.

'그런데 언니. 진짜 규가 싫었던 거야?'

미연

주위는 물속처럼 고요했다. 문은 모두 닫혀 있었고, 커튼까지 드리워져 있어 방 안 공기는 후덥지근했다. 어젯밤 또 언니 방에서 잠들었던 모양이다. 시계를 보니 벌써 한낮이 지난 오후였다. 침대 시트는 축축했고 온몸이 땀으로 흥건했다. 그래

서 그렇게 이상한 꿈을 꾸었는지도 모른다. 끝없이 옷을 갈아
입는 꿈. 입고 있던 옷이 물에 젖어 새 옷으로 갈아입고 나면,
멀쩡하던 새 옷이 다시 흠뻑 젖어 있었다. 그래서 다시 다른 옷
으로 바꿔 입어보았지만, 입고 나서 보면 또 마찬가지였다.

　언제 어떻게 언니 방까지 와서 잠이 들었는지 알 수 없었다.
요즘 머릿속에는 내가 아닌 낯선 이가 살고 있는 것 같다. 내가
해놓고도 기억나지 않는 일이 있었고, 했던 기억이 있는데 나
중에 보면 그 흔적을 찾을 수 없는 일들도 있었다. 어떤 일이
먼저 일어나고 나중에 일어난 것인지 선후가 구별되지 않는 경
우도 많았다.

　차는 호숫가 도로를 달리고 있었다. 수면 위로 떨어지던 해
질 무렵의 붉은 햇살과 호수 주위에 늘어서서 짙은 푸른빛 이
파리를 늘어뜨리고 있던 나무들. 바람 한 점 없이 무더웠던 오
후가 서서히 위력을 잃어가던 때였다. 나는 달리는 차 안에서
호수를 바라보고 있었다. 정확히 말하면, 서둘러 바다로 흘러
가야 할 강물을 육중한 콘크리트 구조물로 가둬놓은 모습을 구
경하고 있었다. 물속에서 어떤 일이 벌어지는지 알 수 없지만
물의 표면은 잔잔했다. 그 순간에는 무심하게 지나쳤으나, 나
중에 생각해보니 이상하게도 잔물결 하나 보이지 않았다. 유리
처럼, 아니 거울처럼 매끈하게 정지한 물이었다. 왠지 숨이 막

힐 것 같아서, 나는 에어컨 때문에 닫고 있던 창문을 열었다.
순식간에 더운 바람이 훅 밀려 들어왔고, 뒤에 앉아 있던 규가
뭐라고 투덜대기 시작했다. 언니가 규에게 에어컨을 끌 테니
창문을 열라고 말했다. 나는 됐다고 짜증을 내며 창문을 닫았
다. 언니가 규에게 하는 말은 무엇이든지 귀에 거슬렸다. 듣고
싶지 않았다.

　호수 속으로 차가 곤두박질하던 그 순간부터 나는 전혀 다른
세상 속으로 들어와버렸다. 그때의 기억은 퍼즐 조각들처럼 여
러 개로 쪼개진 채 남아 있다. 완성된 그림은 만들어지지 않으
나, 조각마다 새겨져 있는 장면 하나하나는 아주 생생하다. 첫
번째 조각은 차가 한 번, 두 번, 세 번 구르던 기억이다. 그때까
지는 그것을 하나하나 셀 수 있을 정도로 정신이 말짱했다. 아
니 그게 아니라 도로 위에서 굴러가는 자동차를 바라보는 시점
의 장면처럼 느껴진다. 어쩌면 나중에 상상으로 만들어진 것일
지도 모르겠다. 두번째 조각은 차 안으로 강물이 쏟아져 들어
오던 기억이다. 무서웠다. '심장이 얼어붙는다'는 말은 단순한
비유가 아니었다. 혈관을 타고 차가운 얼음 알갱이들이 순식간
에 온몸으로 퍼져 나가는 듯하더니, 몸은 내 의식이나 의지와
상관없는 딱딱하고 낯선 하나의 물체로 변해갔다. 나무토막이
나 플라스틱으로 만들어진 인형으로 변해서 바닥없는 어둠 속
으로 빨려 들어갔다. 세번째 조각은 예리한 얼음 조각 속에서

몸을 어떻게 해야 할지 몰라 뒤척이던 기억이다. 정신이 돌아왔을 때는 병원 침대 위였다. 주위를 둘러싼 사람들로부터 규가 나를 차 안에서 끌어냈다는 말을 들었다. 언니는? 나는 눈으로 어머니의 얼굴을 찾으며 물었다. 사람들은 아무 말 없이 나를 외면했다. 어머니는 그들 사이에 없었다.

퇴원하던 날, 로비로 내려가는 엘리베이터 안에서 나는 차라리 호수 밑바닥에서 죽는 편이 나을 뻔했다는 사실을 깨달았다. 엘리베이터가 서서히 아래로 움직이기 시작했을 때, 물이 차오르는 자동차 안에서 나를 집어삼키려 했던 그 차가운 공포가 다시 몰려왔다. 몸이 떨리는 것을 멈출 수 없었다. 발바닥에서부터 시작해 허벅지를 타고 기어 올라온 냉기는 심장까지 거침없이 밀고 올라올 기세였다. 제대로 숨을 쉴 수 없었다. 엘리베이터 안에는 어머니와 나 둘뿐이었다. 나는 손을 뻗어 어머니의 팔을 움켜잡았다. 언니와 함께 우리집에 처음 들어선 날 이후로 나는 어머니의 손을 잡거나 매달린 적이 없다. 아버지가 세상을 떠났을 때는 언니를 붙잡고 울었다. 그날 엘리베이터 안에서 어머니가 곁에 없었다면 나는 기절하거나 죽었을지도 모른다.

집에 돌아와보니 팔다리뿐 아니라 온몸이 시퍼런 멍투성이였다. 사고를 당하던 순간에 그렇게 된 것이겠지만 공포가 내 몸을 짓누르고 지나간 흔적처럼 보였다. 그 후에도 아무런 예고나 징후 없이 두려움은 게릴라처럼 기습해왔다. 언제 몰려올지 예측할 수 없는 공포 때문에 청소나 설거지 같은 단순한 일들도 제대로 할 수 없었고, 한 가지 생각에 집중하는 것도 힘들었다. 집 밖으로 나간다는 것은 상상도 할 수 없는 일이었다.

가끔 아침에 눈을 떠보면 언니 방에 누워 있었다. 그러나 언제 어떻게 언니 방에 왔는지 전혀 기억나지 않았다. 어렸을 때 무서운 꿈을 꾸면 언니에게 달려가곤 했었다. 그때도 아침에 눈을 뜨면 지난밤의 일이 기억나지 않았다. 그럴 때면 언니가 언제 내가 그 방으로 왔는지, 어떤 꿈을 꾸었다고 말했는지 모두 이야기해주었다. 지금도 언니가 있다면 내가 기억하지 못하는 밤의 일들을 설명해주었을 텐데. 언니가 있다면……? 어렸을 때는 언니라는 사람들은 이 세상에 없었으면 좋겠다고 생각한 적도 많았다. 그리고 언니가 규의 집에 다녀왔다고 말했던 그날, 그녀가 없었다면 내 인생이 좀 더 나아지지 않았을까, 좀 더 가벼워지지 않았을까, 나는 절박한 심정으로 그렇게 그녀의 존재를 원망했었다. 언니는 언제나 내 삶 속에 너무 많이 침투해 있었고, 그것은 진한 단맛의 사탕을 계속 입에 물고 있는 것처럼 진저리가 나는 일이었다.

언니와 어머니가 우리 집에 처음 왔던 날의 그 막막했던 느낌이 떠오른다. 어머니와 아버지가 내 방에 들어와 잘 자라는 인사를 하고 나간 다음, 어둠 속에서 안방 문이 닫히는 소리가 들려왔다. 그때 나는 눈앞에서 높고 견고한 철문이 쾅 닫히는 소리를 들은 것 같았다. 아버지의 삼우제를 지내고 온 날 밤, 나는 그 소리를 다시 들었다. 아니, 안방 문에 빗장을 지르고 자물쇠를 채우는 소리까지 더해서 들은 것 같았다. 나는 혼자였다. 그것은 혼자 감당하기에는 너무 차갑게도 분명한 사실이었고 그래서 그날 밤 나는 언니 방에 갔다. 밤새도록 내 손을 잡고 있던 언니의 손은 뜨거웠다.

기억의 마지막 한 조각이 되살아난다. 반쯤 열려 있던 창문으로 물이 쏟아져 들어오고 있었다. 문을 열고 나가려 했지만, 수압 때문인지, 차가 구를 때 망가진 것인지 문은 꼼짝도 하지 않았다. 창문으로도 나갈 수 없었다. 쏟아져 들어오는 물살이 너무 거세 몸이 계속 뒤로 밀려났다. 그렇게 애쓰는 동안 벌써 여러 번 물을 삼켰고, 그럴 때마다 공포는 한 단계씩 가속되었다. 그러다가 한순간 알 수 없는 힘에 의해 물 위로 끌려 올라가고 있었다. 허우적거리며 돌아보았을 때, 그때 나는 저 아래 강바닥에 가라앉은 차 안에 언니가 앉아 있는 것을 보았다. 내가 보았던 것은 진짜였을까? 나는 눈을 뜨고 있었던 것일까? 눈을 뜰 수는 있었던 것일까? 내가 본 것은 다만 상상이나 환각에 지나지 않은 것일까? 처음에는 분명 그 사람이 언니라고 생각했다. 운전석에 앉아 있었고, 그렇지 않더라도 언니의 모습이 틀림없었다. 하지만 다음 순간, 그것은 내 모습처럼 보였다. 아니, 정말 내 모습이었다. 편안하고 행복하게, 완전하고 아름답게 보이는 나였다.

언니의 몸을 화장했다는 말을 들었을 때 나는 언니 손에서 느껴지던 그 열기를 떠올렸다. 사람의 몸은 결국 한 줌 열기에 지나지 않는지도 모른다고 생각했다. 술 취한 규가 내 얼굴을 감싸 쥘 때 그의 손바닥에서 배어 나오던 뜨거운 기운. 규의 손 길은 내 몸 역시 뜨겁게 달구곤 했지만, 언니의 열기는 내 마음을 차갑게 만들었다. 나는 언니의 손이 뜨겁지 않으면 좋겠다고 생각했다. 내가 바라던 것은 부드럽고 따스한 손길이었다. 나쁜 꿈을 꾸다가 일어나 더 이상 아버지에게로 달려갈 수 없을 때, 언니는 나의 유일한 도피처였다. 언니가 그냥 아버지나 어머니 대신이면 안 되는 것이었을까? 언니는 언제나 어머니 핑계를 댔지만 내 옷, 내 물건과 꼭 같은 것을 원했던 것은 사실은 언니 자신이었다. 사람들이 나와 언니를 쌍둥이로 착각할 때 언니는 행복해했다. 내가 하고 싶어 하는 일은 언니도 하고 싶어 했고, 내 친구들은 어느새 언니의 친구가 되어 있었다. 그렇지만 그건 모두 언니와 내가 아직 어린아이였을 때의 일이었다. 다 지나간 일이었고, 언니가 나를 괴롭히기 위해 그런 것은 아니었을 거라고 나는 애써 이해하려 했다.

그날 밤 언니에게 가지 말아야 했는지도 모른다. 규를 사랑
한다는 얘기 같은 것도 하지 말아야 했다. 언니가 규의 집에 갔
다 오는 길이라고 하면서, '그를 통해서 너를 느끼고 싶었어.'
하고 말했을 때 나는 언니가 미쳤다고 생각했다.

젖은 신발을 신은 채 걷고 있는 발걸음 소리가 들려온다. 그
리고 옷에서 떨어지는 물방울 소리도. 가끔 언니의 목소리도
들린다. 언니는 정말 죽은 걸까? 내가 언니를 죽음으로 몰아넣
었나? 기억은 처음과 끝이 없다. 무엇이 진짜 일어난 일인지도
알 수 없다. 그런 것들을 이해할 수 없으므로 내가 나라는 사실
을 붙잡고 있기가 점점 힘들어진다. 모두 다 놓아버리고 나면
나는 저 물속 깊숙이 편안하고 행복하게, 완전하고 아름답게
숨어버릴 수 있을 것 같다.

규

정말 제정신이 아닌 사람은 나인지도 모르겠다는 생각이 들
었다. 여주의 어머니와 함께 미연을 병원에 입원시키고 돌아오
는 길에 갑자기 스친 죄책감 비슷한 느낌이었다. 친자매이건
아니건 간에 여주와 미연은 한 집에서 언니와 동생 관계로 오

랜 시간 지내온 사람들 아닌가. 나는 내가 한 행동을 후회했다. 일어날 수 있는 나쁜 일은 이미 모두 일어난 다음이었지만.

병원에 남겨지면서도 미연은 무덤덤했고, 집에 있을 때보다 표정은 오히려 더 맑았다. 내가 알던 미연의 예전 모습과 하나도 달라진 것이 없었다. 그래서 더 가엾어 보였던 것일까. 의사 말로는 조현병이라고 해도 입원해서 약물 치료만 제대로 받으면 일상생활에 문제가 없을 정도로 완치된다고 했다. 그 밖에도 심리적 외상, 스트레스성 해리장애니 하는 말들을 늘어놓았지만, 여주 어머니나 내가 알아듣기를 바라면서 하는 말 같지는 않았다.

미연의 집에 찾아갔던 날, 어머니의 말대로 초인종을 아무리 눌러도 미연은 문을 열어주지 않았다. 열쇠로 현관문을 열고 들어갔을 때, 미연은 여주 방에서 걸어 나오고 있었다. 미신 같은 것을 믿고 싶지는 않지만, 그 순간 나는 사람들이 흔히 귀신이 들렸다고 할 때의 상태가 어떤 것인지 알 수 있었다. 얼굴 모습은 분명 미연이었지만 나는 그녀에게서 여주를 볼 수 있었다.

그날 차 안에서 정확하게 어떤 일이 일어났던 것인지가 늘 마음에 걸렸다. 잘 달리고 있던 자동차가 왜 갑자기 방향을 틀어 호수 밑바닥으로 곤두박질쳤을까? 같은 시간, 같은 공간 안에 있었고, 함께 겪은 사고였음에도 나는 미연이나 여주와는 전혀 다른 상황 속에 있었던 것 같았다. 그런 것에 대해 생각하

면 머리가 아팠다. 혼란스럽기만 했다. 어쩌면 미친 사람은 나
일지도 모른다는 의혹이 들기도 했다.

그렇다고는 해도 정신병원에 입원한 사람이 내가 아닌 것만
은 분명했다. 시간이 흐른 뒤, 미연이 제자리로 돌아올 수 있다
면, 그때 다시 곰곰이 생각해봐도 될 일이다. 내일모레면 월말
이고, 통장에서 빠져나갈 자동차 할부금과 카드 대금 걱정만으
로도 머릿속이 복잡하다. 이제는 아무리 되씹어봐도 달라질 것
없는 일들, 지워버리는 게 현명하지 않겠는가.

기억으로부터의 생존자들

전성욱(문학평론가)

　부희령 소설의 인물들은 자신들의 기억 속 과거에 단단하게 붙들려 있다. 그들에게 과거는 현재를 애틋하게 물들이는 그리움의 향수가 아니라 밤마다 찾아오는 악몽처럼 일상을 불안으로 잠식한다. 그래서 그들은 마치 과거의 상처와 고통 속에서 힘겹게 버텨내고 있는 처절한 생존자인 듯이 보인다. 흔히 지난 과거에 집착하거나 아직 오지 않은 미래를 두려워하지 말고, 지금에 충실하게 살라고들 말한다. 그러나 그런 당부의 말 자체가 이미 끈질긴 과거와 막연한 미래 사이에 낀 인간의 곤혹스러운 현재를 표현하는 것이 아닐까. 지난 일들의 기억이 지금의 나를 이루고, 알 수 없는 미래의 막연함이 지금의 나를 흔든다. 흘려보내지 못하고 고여 있는 시간은 부패를 가져온다. 애도하지 못하는 삶은 멜랑콜리에 잠식된다. 부희령의 소설은 그렇게 부패되거나 멜랑콜리에 잠식되지 않으려는 뜨거운 생존의 열망으로 가득 차 있는 것처럼 보인다.

개인의 내밀한 사연, 가족사적이거나 역사적인 과거의 기억들이 인물들의 현재를 침범한다. 그 기억들은 심리적 불안이나 결핍감만이 아니라 몸의 증상으로 발현되고, 마침내 실존의 파열로까지 나타나기도 한다. 「옛 연인을 만나러 가는 일」의 주인공은, 사십여 년 전의 기억에서 헤어나지 못하고 있는 육십이 다 된 여성 작가이다. 여자는 과거와 현재, 역사적인 것과 실존적인 것이 교차하는 가운데, 긴 세월을 '너'와 '나'로 분열된 채로 살아왔다. 그 이인칭의 호명 속에서 '너'는 '나'가 되지 못한 채로 낯설게 괴리되어 있다. 여자의 삶을 구속해온 과거의 원점은 이십대 대학 시절이다. 그때 여자는 대학의 도서관과 거리의 광장 사이에서 흔들리며 번민하고 있었다. 기형도의 「대학 시절」이라는 시에 "나는 플라톤을 읽었다, 그때마다 총성이 울렸다"라고 쓰인 것처럼, 여자는 그 우악스럽고 섣부른 시대를 온몸으로 겪어내야 했던 섬세하고 여린 영혼의 청년이었다.

여자는 바다가 보고 싶다는 충동으로 멀리까지 혼자 열차를 타고 떠나기도 했던 예민한 감수성을 갖고 있었다. 그때 그는 불안과 공포를 거둬달라고 간절하게 기도할 만큼 순수하고 어린 사람이었다. "마침내 늘 패배하는 가난한 사람으로 살게 해달라고까지 기도하게 되었다."(16쪽) 그러나 이런 풋내 나는 감상은 거친 현실을 마주하고 쓰라린 아픔과 더불어서 맥없이 부서진다. 독재자가 죽고 제국의 지배하에 놓인 정치적 환란의 시대, 그 혼란의 청춘기를 보내던 여자는 대학의 도서관에서 유토를 만난다. "교정에서 방독면을 쓴 고릴라들이 곤봉을 휘두르며 인간 사냥을 벌여도 도서관 휴게실에서 커피를 마시며 인간 같은 컴퓨터와 대화하고 싶다는 소망을 말하는 이도 있었다. 유토는 그런 사람이었다."(24쪽) 둘은 관심사도 생각도 다른 사람이었지만, 어쩌면 그래서 여자의 마음이 유토에게 이끌렸는지도 모른다. 끔찍한 현실을 망각하고 싶은 마음, 그런 도피의 심리가 고고한 관념의 그 '마의 산'을 닮은 유토에게로 향하도록 했을 것이다. 그러나 역시 무언가를 대체하는 존재, 그 도피처를 좇았던 마음은 오래가기가 어렵다.

"마의 산에서 내려가자. 인정하고 싶지 않았으나, 너는 알고 있었다. 오랫동안 유토에게 의존하고 있었다는 사실을. 도서관 열람실에 앉아 있을 때만큼은 학교를, 아니 네가 존재하는 시공간 전체를 견딜 수 있었음을."(26쪽) '마의 산'을 내려온 여자는 계략과 음모가 벌어지는 살벌한 현실을 마주하는데, 그것은 민주주의의 퇴행 속에서 벌어진 내란과 외세의 개입을 둘러

싼 정치적 격동이었다. 제국의 합병 여부를 두고 이루어진 국민투표에서, 부정 투표함을 발견하고 밤새 그곳을 지키는 자리에 여자가 있었다. 여자는 그 일을 하게 했던 친구 자오의 당당함과는 달리, 여전히 섣부르게 확신할 수 없는 세심한 영혼이었다. 여자는 끝까지 그 자리를 지킬 수가 없었고 국가는 제국에 병합되었으며, 곧이어 총독의 포고령이 선포되었다. 많은 사람들이 잡혀가서 고문을 받고 학살당했다. 그리고 여자는 다시 학교로 돌아갈 수 없었다. 사십여 년이 지난 지금, 총독의 포고령이 예고되자 여자는 과거의 그 폭력적인 기억을 떠올리며 공포에 사로잡힌다. 거기다 마치 과거가 귀환하듯 유토가 인공지능의 석학이 되어 돌아왔다는 소식을 전해 듣는다. "심장은 갑자기 차가워졌고, 빠르고 불규칙하게 뛰었고, 그러다가 몸이 덜덜 떨렸다."(12쪽) 그렇게 억압되어 있었던 과거의 기억은 온몸의 증상으로 나타난다.

제국의 통치를 옹호하는 이들과 그 지배에서 벗어나려는 이들 간의 대립으로, 정치적 혼란은 사십여 년이 지난 지금도 그대로 이어지고 있다. 자오는 과거의 그때처럼, 공포로 떨고 있는 여자에게 포고령에 반대하는 사람들의 비밀 집회에 참가해보라고 권유한다. 젊은 날의 열혈 청년이었던 자오는 제국의 본토에서 공부하고 돌아와, 본토에서 임명한 사업본부장이 되어 고액의 연봉을 받는 사람이 되었다. 예민하고 여려서 늘 생각으로 머뭇거리는 여자와 달리, 그는 철저하게 현실적이었고 상황에 맞게 잘 생존할 줄 아는 사람이었다. 현실적인 자오나 미래적인 유토와 달리, 여자는 여전히 오래된 과거에 사로잡혀 있었다. 제국에서 출세의 기반을 닦은 그들과는 다르게, 작가인 여자는 합병 이후에도 제국의 공용어인 영어로 책을 내지 못한다. 그런 여자가 그 참혹한 현실을 견디는 방식은 무엇이었을까. 여자는 제국의 깃발과 본국의 깃발을 들고 집회에 참석한 사람들 사이에서, 자기와 같은 옷을 입은 중년의 여자를 발견한다. "너는 그 옷이 좋았고 심지어 자랑스러웠다. 그래서 너는 미약한 충격을 느꼈다. 너의 관념 속에서 그들과 너는 달라야 했다. 그들은 배움이 부족한 듯 보여야 했고, 악에 받친 듯 굴어야 했고, 누군가에게 조종당하는 좀비처럼 공허해야 했다. 너보다 더 가난할 것이라고 제멋대로 상상하기도 했다. 아무튼 그들은 너와 달라야 했는데 그다지 다르지 않았다는 게 문제였다."(14쪽) 여자가 현실을 견디는 방식은 '마의 산'과 같은 그 공상의 관념, 즉 추상의 '생각'이었던 것이 아닐까. 그러니까 여자는 아직도 그 '마의 산'에서 내려오지 못하고 있었던 것이다.

소설 후반부에서는 마침내 질적인 도약이 이루어진다. 여자가 두려움을 이겨내며 비밀 집회에 참석하는 것은, 사십여 년 전에 부정 투표함을 지키던 그때의 단순한 반복이 아니다. "중요하지 않은 너는 살아남아야 한다는 절박함을 안고 편의점 왼쪽 골목으로 접어들었다.”(34쪽) 살아남아야 한다는 것, 그 생존의 절박함은 부희령의 소설 전반을 가로지르는 핵심적인 주제어이다. 소설의 서두에서 술자리의 옆 테이블에서 남자들이 나누던 대화의 결론도 그것이었다. “그래도 우리는 살아남았잖아, 잘 살아왔잖아.”(12쪽) 여자는 좁은 철문을 통과해 뜻을 함께하는 이들에게로 다가가며, 화려하고 거대한 고층빌딩에서 자기를 개미처럼 내려다볼 사람들을 생각한다.

「옛 연인을 만나러 가는 일」의 여자가 유토나 자오와 선명한 성격적 대비를 이루듯이, 「출간기념 파티」에서 주인공 수녕은 강 화백과 뚜렷하게 대비된다. 수녕은 그 출처를 분명하게 알 수 없는 과거의 어떤 결핍 속에서 사람들의 인정을 갈구하지만, 정작 스스로 자기를 인정하지 못하고 신명 없는 삶을 살고 있다. 과거의 무엇이 수녕에게 결핍의 기원이 되고 있는지는 명확히 드러나 있지 않지만, 결혼 생활이나 가족과 관련된 문제가 아닐까 하는 막연한 짐작을 해볼 수 있겠다. 강 화백의 다큐멘터리를 찍고 있는 전 감독이 혼자 사는 사람이라고 잘못 넘겨짚은 다음, 수녕이 하는 이런 생각에는 어떤 사연이 담겨 있는 듯하다. “편견일 테지만 수녕의 마음속에서 비혼과 기혼의 느낌은 난바다와 앞바다만큼이나 달랐다.”(103쪽) 그리고 젊은 무녀의 내림굿 굿판에서 무녀를 지켜보는 그 가족들의 어두운 표정이라든가, "조상 때부터 얽히고설킨 가족 간 감정의 앙금"(110쪽)을 이야기하는 공수의 내용에 집중하는 수녕의 모습에서, 알 수 없는 그의 과거가 가족과 관련된 모종의 사연이 아닐는지 짐작해보게 된다. "집으로 돌아가는 길에 수녕은 내림굿을 다시 받으면서까지 무녀의 길을 포기하지 않는 마음에 대해 생각했다. 지난 며칠 곧 출간될 소설 원고를 들여다보면서 수녕이 스스로에게 묻던 질문과 포개지는 것이었다. 왜 나는 소설 쓰기를 그만두지 못하는 걸까."(111쪽) 수녕은 가족사의 얽힌 사연 속에서도 무녀의 길을 꿋꿋하게 가려는 그 여자를 통해서, 여전히 번민과 생각에 사로잡혀 있는 자신의 모습을 겹쳐본다. 그렇게 「출간기념 파티」는 예술과 작가의 길, 창작에 대한 고민을 담고 있는 소설이다.

「옛 연인을 만나러 가는 일」의 여자 역시 작가였고, 온갖 번민과 잡념들에서 헤어나지 못하고 발버둥 치고 있는 모습이었다. 수녕 역시 너무 여리고 예민하고 세심한 사람이라서, 온갖 '생각'들을 통해 낯선 세계의 공포로부터 자기를 방어하고 있는 것처럼 보인다. 예컨대 그의 이런 생각에서는 타인에 대한 지나칠 정도의 자의식이 엿보인다. "어색한 상황에서 쉽게 미소를 짓거나 실없는 이야기를 꺼내지 않는 단단함 때문이었을까."(103쪽) 수녕이 생각하는 '단단함'이란 무엇일까. 그것이 무엇이든 중요한 것은, 낯선 타자와의 만남이 주는 어색함이라는 그 괴리의 감각에 대한 수녕의 예민함이다. 자기가 잘 모르는 사람과 세상을 안이하게 해석하거나 섣부르게 단정하는 것은 무례하고 난폭한 일이다. 그러므로 예민하고 섬세하다는 것, 진부하거나 나태하지 않으려고 애쓴다는 것은 좋은 사람의 덕목이라고 할 수 있다. 그러나 그런 애씀이 타자를 향한 윤리적 태도가 아니라 자기방어의 심리적 대응이라고 한다면, 그것은 에고에 침착(沈着)된 폐쇄적이고 고립적인 자의식으로 드러난다. 그렇게 타자에 대한 이러저러한 생각들은 자폐적인 자의식으로 세상과의 소통과 교류를 가로막는다. 「옛 연인을 만나러 가는 일」의 여자가 '마의 산'을 내려오려고 했던 것, 좁은 문을 통과해 연대와 투쟁의 현장으로 나아가려고 했던 것, 그것이 바로 그 자의식으로서의 '생각'을 깨고 세상과 만나려는 기투(企投)였다. 그러나 세심하고 여리면서도 여전히 '단단함'을 갖추지 못한 사람, 그러니까 아버지(체계)의 질서를 받아들이는 그 성장을 거부하거나 회피하려는 사람은, 세상의 우악스러운 폭력으로부터 자기를 지키기 위해 자아의 생각이라는 에고의 그 차폐막(遮蔽幕) 속으로 자꾸만 숨어들려고 한다.

수녕이 얼마나 자의식으로 과잉되어 자기를 힘들게 하고 있는지가, 소설의 곳곳에서 드러나 있다. 수녕을 온통 사로잡고 있는 생각들은, 다른 무엇보다도 소설가로서의 자의식에 대한 번민이다. "감독이 내미는 손을 잡으면서 수녕은 소설가가 아니라 번역가라고 정정하려다가 이내 말을 삼켰다."(98쪽) "거의 십 년 만에 두번째 책을 내는 무명 소설가의 글을 누가 읽어줄 것인가."(100쪽) "차에서 내리기 직전, 수녕은 가방 속에 들어 있는 책을 전 감독에게 건넬까 말까 망설이다가 그만두었다."(107쪽) "왜 나는 소설 쓰기를 그만두지 못하는 걸까. 객관적으로 자신을 돌아보면, 재능도 기회도 부족한 사람이었다."(111쪽) "사람들이 좋아하는 글을 일부러 쓰지 않는 것 같다는 말을 들은 적이 있었다. '일부러'는 아니었다. 사람들이 아무리 좋아해도 아직 내 것이 아니면 쓸 수 없다는 마음이 있었다. 그렇다면 내 것은 무엇일까."(112쪽) "사람들이 읽고 싶어 하지 않는 책, 읽어도 할 말이 없는 책들은 쓸쓸해 보였다."(113쪽) "근처에 잡아둔 숙소로 들어가 각자의 방으로 흩어지기 전, 수녕은 전 감독에게 책 출간 파티는 어떻게 된 거냐고 물어보려다가 그만두었다."(116쪽) "침대에 누워 기억을 더듬어보니, 수녕이 두 사람에게 책을 보낸 것이 일주일 전쯤이었다. 강 화백도 전 감독도 오늘 온종일 책에 대해서는 아무런 언급도 하지 않았다."(116쪽) 이렇게 그 생각들을 들여다보면, 소설가라는 정체성에 대한 수녕의 양가적이고 역설적인 감정을 엿볼 수 있다. "수녕도 누군가를 행복하게 하고 싶었을 것이다. 하지만 돌아보면 수녕의 소설은 늘 사랑받고 싶은 마음이나 사랑받지 못해 상처입은 마음이 골방 안에서 복닥거리는 형국이었다.

밖으로 나가지 못해 구부러진 시선이 문제였는지도 모른다."
(111쪽) 그는 좋은 소설을 쓰는 소설가가 되고 싶고, 사람들에
게도 인정받고 싶어 한다. 사람들에게 인정받는 소설가가 되고
싶다는 뜨거운 의욕, 그러나 무엇보다 스스로가 자기의 소설을
인정하지 못하는 냉엄한 현실, 그러니까 열렬히 욕망하지만 내
것이 되지 못한 그 괴리와 어긋남이 수녕을 괴롭히고 있다.

　번민하는 수녕과는 정반대의 면모를 보여주는 예술가가 강
화백이다. "집으로 돌아오면서 수녕은 강 화백이 전 감독과 점
심 약속 자리에 자기를 불러낸 이유가 궁금했으나, 길게 생각
하지 않았다. 언제나 특별한 이유가 없는 사람이었다."(99쪽)
이처럼 두 사람의 성격은 극명한 대비를 이룬다. 강 화백의 모
습은 수녕을 비추는 거울 구실을 한다. 그는 생각에 고여 있기
를 거부하고 권태와 진부함을 벗어나고자 쉼 없이 움직이고 이
동하는 사람이다. 창작을 위해서 자신을 섬에 자발적으로 격
리한 것도 그런 이유에서이다. "세상에 휩쓸리다 보니 바닥이
드러나더라고. 우물이 마르면 새 우물을 파야 하지 않겠소."
(104쪽) 그리고 그는 생각보다는 몸의 감각에 충실한 사람이
다. "그림은 몸으로 그리는 거요. 몸이 아프니 아픈 것을 그리
는 거지. 안 아픈데 억지로 아프게 해서 그리는 건 아니란 말이
지."(105쪽) 강 화백은 생각의 관념으로 조작해낸 '아름다움'을
거부한다. "나는 평생 아름다움이 불편했소. 노을이 아름답다

는 건 노을이 아닌 자가 느끼는 거요. 아름다움에는 그런 함정이 있어요. 하지만 아픔은 스스로 아픈 처지가 되어야 아는 거지요."(106쪽) 심지어 그는 축구를 하다가 허리를 다쳐 느끼게 된 몸의 통증 때문에, 민족의 허리가 끊어진 분단의 역사적 현실을 그림으로 그리게 되었다고 한다.

수녕도 강 화백과 같은 이런 유목민적 인간형에게서 나름의 감응을 얻는다. "이유도 목적도 없었다. 어떤 날은 나갔더니 수녕이 전혀 모르는 사람 여럿과 함께 있어서 난감한 적도 있었다. 어색한 상황을 여러 차례 겪다 보니, 그게 꼭 불편하기만 한 것은 아니라는 생각도 들었다. 규정할 수 없는 우연한 관계들이 세상과의 접촉면을 넓히는 느낌이 있었다."(107쪽) 그렇게 수녕은 이유나 목적 같은 인과론적 계산의 사고에서 벗어나, 자기를 우발적인 만남들에 개방시킴으로써 얻게 되는 홀가분한 자유와 창의로운 가능성을 어렴풋하게나마 알게 된 것이다. 그 어렴풋함 속에서 수녕은 자신을 되돌아본다. "강 화백 말대로 온몸으로 그리는 게 그림이라면, 신명이 올라야 그림이 제대로 되는 게 맞는 것도 같았다. 수녕은 칼춤을 추며 하늘로 솟구치던 만신의 모습을 떠올렸다. 자기 몸에 신명이 실리는 것을 상상해보았으나 아무 느낌도 없었다. 소설가로서 수녕의 자아는 있는 그대로 펼쳐지거나 풍요롭게 흘러넘친 적이 한 번도 없었다."(114쪽) 자기를 잊고 신나게 놀아야 신명이 나는 것인데, 견고한 자의식으로 자기를 방어하고 있는 수녕에게 신명이 깃들지 못하는 것은 너무 당연한 일이다.

　소설의 결미에서 수녕이 새벽에 일어나 홀로 섬마을의 사당으로 올라 간절한 기도를 올리는 것은, 자기의 갱신, 기존의 자기에서 벗어나 새로운 나로 거듭나려는 메타노이아의 의지를 드러내고 있는 것처럼 보인다. "수녕은 간절한 마음으로 눈을 감았다. 세상에 태어나 처음으로 기도하는 것 같은 마음이 되었다. 자기 마음속에 그토록 강렬한 바람이 숨어 있음을 비로소 깨달았다. 내 것이 아니라고 지레 포기한 헛것들과 함께 휩쓸려 가버린 쌀알 같은 진심을 되찾고 싶었다."(118쪽) 그러나 여기서도 비대칭성(분리, 불화)을 대칭성(연결, 조화)으로 반전시켜야 한다는 소설가의 조급한 자의식이, 그 결말 처리를 다음과 같이 도식화하고 만 것이 아닐까. "누구한테 신명을 청하고 빌 것인가. 내 것을 돌려달라고 할 때는 나에게 빌어야겠지."(118~119쪽) 신명은 불러들이는 것이 아니라 나에게서 솟아나는 것이다. 그러므로 초월이 아닌 내재로, 그렇게 수녕의 간절한 기도와 발원은 '나'를 향한다. 이와 같은 향아설위(向我設位)의 의지는, 그것이 인과론적 결말을 이루는 자의식의 형태로 표현됨으로써 하나의 주장(이념의 제시)처럼 되어버리고 만다. 무위이화(無爲而化)의 소설, 그러니까 굳이 하려고 하지 않아도 저절로 그렇게 되는 소설은, 강고한 생각의 집념에서

214

벗어나는 것으로부터, 즉 '마의 산'으로부터 내려와야만 가능한 것일 테다.

「마음의 경로」에서 여주와 미연은 부모의 재혼으로 의붓자매가 되었다. 이들은 친부모의 한쪽을 잃은 상태로 각각의 아버지와 어머니가 만나 이른바 정상가족을 이루었지만, 끝내 가족사의 근원적 결핍을 이겨내지 못하고 파열되고 말았다. 하나로 통합되지 않은 그 파열의 양상은 규, 여주, 미연으로 이어지는 그들 각자의 시점 교차라는 형식을 통해서 표현되기도 한다. 여주와 미연은 서로를 비추는 거울이 되어 각자의 결핍을 들추어내고, 마침내 그들은 파열과 파국으로 이끌려간다. 그러나 결핍을 앓는 가운데 그것을 채워내기 위한 욕망으로, 오히려 자신들의 정신을 소진시키고 있다는 점에서 여주와 미연은 서로 다르지 않다. 여주와 미연이 비대칭적인 대비를 이루며 그 내적 갈등의 힘으로 서사가 추진되는 것은, 「옛 연인을 만나러 가는 일」이나 「출간기념 파티」와도 마찬가지다. 여기서 인물 간의 성격적 대비를 중심으로 이야기를 풀어나가는 부희령 소설의 특징적인 한 단면을 확인할 수 있다.

여주는 스스로를 계모가 데리고 온 딸이라고 여기며, 그 때문에 자신은 백설 공주와 같은 주인공이 될 수 없다고 여긴다. 여주의 근원적 결핍감은 미연과의 끊임없는 비교를 통해서 열등감으로 비등한다. "무엇보다도 나와 전혀 달랐다. 땋아 늘인 긴 머리와 창백하고 갸름한 얼굴에서부터 스스럼 없이 무심한 행동에 이르기까지. 게다가 그 아이는 곧잘 무동을 태워주는 진짜 아버지와 버젓한 자기 집을 갖고 있었다. 하지만 그 아이의 집에서 사는 대신 내 어머니를 내준 꼴이 된 나는, 아무것도 가진 게 없었다. 그럼에도, 그랬기 때문에, 첫 만남의 순간 나는 미연을 선망했고 미연에게 매혹되어버렸다."(186~187쪽) 이처럼 시기하면서도 선망하는 양가적인 심리의 곤경은 거식(拒食)이라는 몸의 증상으로 드러나는데, 여주는 마른 몸이었지만 살쪘다는 생각에 빠져 음식을 거부한다. 어머니는 그 둘을 언제나 비슷한 옷과 머리 모양으로 단장했고, 피아노와 발레 등 모든 것을 같이하게 했는데, 그럴수록 여주는 미연과 적나라하게 비교당한다고 느낀다. 그렇게 그는 기묘한 경쟁심 속에서 매번 열패감을 느낀다. "미연은 모든 게 아름답고 완전했으며 선했다. 그 아이가 백설 공주임은 의심할 나위 없는 사실이었다. 따라서 미연과 대칭을 이루는 나는 어쩔 수 없이 결핍된 존재, 계모일 수밖에 없었다."(187쪽) 결핍은 열등감으로, 열등감은 다시 미움이라는 감정으로 깊어진다. 새로운 가족이 되어 둘이 함께 첫날의 밤을 보낸 것은 미연이 여덟 살 때였다. "차갑고 뜨거웠던 그 아이의 작은 몸. 봄나무에 물오르듯 내 몸속으로 스며들어오던 달콤함. 미연으로 인해 나는 다른 몸 없이는 내 몸을 느끼는 것이 불가능하다는 것을 알았다. 기

쁨이란 몸의 기쁨이고, 또한 그리움이란 몸의 그리움이라는 것
도. 미연이 나에게 왔던 밤, 우리를 지켜주는 아늑한 어둠 속에
서 그 아이는 뺨에 돋아 있는 솜털 하나까지 전부 나의 것이었
다."(192쪽) 악몽을 꾸고 여주의 곁으로 와서 자고 난 다음 날
미연은 아무 일 없었다는 듯이 그의 손길을 뿌리친다. 그 첫날
밤의 기억 이후로 여주는 사랑인지, 미움인지, 질투인지 모를
미묘한 감정으로 미연에게 집착하게 된다. 요컨대 미연에 대한
여주의 마음은, 역시 그 자의식, 자기만의 '생각'으로 가득 차
있었다. 그것은 타자와의 소통이나 교감이 아니라 그저 에고의
편집광적인 집착이었다. 그것이 얼마나 심각한 중증이었는가
는 거식증이라는 몸의 증상 이외에, 미연의 남자 친구인 규를
유혹해 잠자리를 갖는 도발적인 행동을 통해서도 드러난다.

　미연은 그에게 사로잡혀 있었던 여주와는 달리 온전하게 성
장했다. 어린 시절의 미연은, 아무리 새 옷을 갈아입어도 계
속해서 물에 젖어버리는 악몽을 매일같이 꾸었다. 그러나 점
점 그는 무서운 꿈을 꾸지 않게 되었고, 아버지의 죽음도 받아
들일 수 있는 사람으로 성장한다. 이제 스무 살의 미연은 여주
를 친자매처럼 느끼고 있었다. 그러나 여주는 규를 건드렸고,
심지어 세 사람이 함께 타고 가던 차를 운전해서 호수로 돌진
했다. 규와 미연은 생존했지만 여주는 죽었다. 호수 밑으로 가
라앉는 자동차의 운전석에 있던 여주를 돌아보았을 때, 그것

은 마치 미연 자신의 모습처럼 보였다. "하지만 다음 순간, 그 것은 내 모습처럼 보였다. 아니, 정말 내 모습이었다. 편안하고 행복하게, 완전하고 아름답게 보이는 나였다."(199쪽) 이 장면 은 어린 미연의 악몽 속에서 끝없이 옷을 적시던 '물'을 떠올리 게 한다. 물은 죽음이며 공포이다. 그리고 다른 한편으로 그것 은 모태의 양수와도 같은 생명과 원초적인 아늑함의 상징이다. 여주의 자기 파멸로 인해 미연의 삶은 망가졌고, 물의 그 양가 성처럼 차라리 죽는 것을 안식으로 동경하게 되었다.

"나는 언니의 손이 뜨겁지 않으면 좋겠다고 생각했다. 내가 바라던 것은 부드럽고 따스한 손길이었다. 나쁜 꿈을 꾸다가 일어나 더 이상 아버지에게로 달려갈 수 없을 때, 언니는 나의 유일한 도피처였다. 언니가 그냥 아버지나 어머니 대신이면 안 되는 것이었을까?"(199쪽) 여주는 열등감 속에서 미연을 동경 하다가 미연의 옷과 물건을 원하게 되었고, 규를 탐했으며, 결 국에는 미연의 생활까지 앗아갔다. 여주는 도피처가 필요한 연 약한 타인을, 자기의 욕망을 채우기 위해 집요하게 약탈했다. 자기만의 생각, 그 자의식이란 이렇게도 파괴적이고 가공할 만 한 것이다. 미연은 스트레스성 해리장애로 조현병을 진단받는 다. "기억은 처음과 끝이 없다. 무엇이 진짜 일어난 일인지도 알 수 없다. 그런 것들을 이해할 수 없으므로 내가 나라는 사실 을 붙잡고 있기가 점점 힘들어진다. 모두 다 놓아버리고 나면 나는 저 물속 깊숙이 편안하고 행복하게, 완전하고 아름답게 숨어버릴 수 있을 것 같다."(200쪽) 미연은 이렇게 정신의 파열 속에서 죽음만이 구원인 상태로 내몰리고 말았다. 살아남았으나 온전한 생존자라고 말하기 어려운 미연과는 달리, 여주의 유혹에 넘어갔던 규는 그 와중에도 할부금과 카드 대금을 걱정하며 자기의 생활과 현실에 악착같은 모습을 보인다. 생존이란 무엇인가, 자기가 살기 위해서라면 타인은 어찌해도 상관없다는 것이 사람의 욕심인가.

「전망 좋은 방」에서 민수와 주연은 영화라는 몽상의 예술에 이끌리던 대학 시절을 함께 보냈던 선후배 사이이다. 몽상에서 깨어나 철저한 현실주의자가 된 민수와는 달리, 주연은 오래전 후배의 죽음에 대한 기억을 품고 살아가고 있다. 민수가 회계사 시험을 준비할 때, 주연은 단편영화 워크숍에 참여했고 졸업한 뒤에는 영화 공부를 위해 유학을 떠났다. 민수와 주연의 이러한 비대칭성은, 역시 지금까지 보아온 부희령 소설의 특징적인 구도의 또 다른 반복임을 알 수 있다. 영화제가 열리고 있는 W시는 쇠락한 건물들과 '임대' 종이가 붙은 빈 상점들로 가득한 불황의 도시이다. 자산관리사인 민수는 '씨네마 천국'이라는 호텔의 회생 가능성을 진단하고 컨설팅하기 위해 서울에서 이 도시로 출장을 왔다. 그의 진단과 평가는 예리하다. "없어도 좋은 것들은 지나치게 많았다. 어긋난 열의로 가득 차 있는 느낌이었다. 회생 가능성이 거의 없는 회사나 상환 능력이 없는 차주들을 만날 때 자주 눈에 띄는 특성이기도 했다."(41~42쪽) 그는 현실의 빠른 변화를 따라잡지 못하는 둔감한 자들의 실패를 정확하게 꿰뚫는다.

민수는 서울로 돌아가려는 길에 주연의 연락을 받고 차를 돌린다. 일 년이 넘어 다시 만난 주연은 야위어 있었고, 아파서 한동안 입원 생활을 했다고 한다. 그리고 주연은 이런 뜻밖의 말을 한다. "죽기 전에 보고 싶은 사람들은 다 만나보라고 하더라."(48쪽) 그는 작년에 17층 아파트에서 투신자살을 시도했다는 것이다. 민수는 그런데 어떻게 살았느냐고 묻고, 주연은 왜 죽으려고 했는지를 물어야 하는 것이 아니냐고 대꾸한다. 그것은 둘의 극명한 차이를 보여주는데, 어쨌든 주연은 생존자인 것이다. 주연은 정신과 폐쇄병동에서 지내는 동안 창밖으로 고깃집에 줄을 서서 기다리는 사람들을 보고 아름답다는 것을 느꼈다고 한다. 그러나 민수는 아름다움에 대해서 그다지 생각해본 적이 없었다. "언제부터인가 아름다움이라는 단어를 떠올리거나 말한 적이 거의 없었다. 선배 같은 사람들은 몰라. 진짜 아름다움이 뭔지 몰라."(49쪽) 민수의 이런 태도는 「출간기념 파티」에서 평생 아름다움이 불편하다고 말했던 강 화백을 떠올리게 한다. 민수나 강 화백에게는 아름다움은 몸으로 느끼는 감각이라기보다 추상적인 관념에 가까웠다. 다른 한편으로,

이해타산이 분명한 민수의 현실주의로는 아름다움이라는 감상을 느낄 만한 여유나 여지가 없었는지도 모른다. 반면에 삶의 막다른 끝에서 죽음으로 초월하려다가 생존한 주연의 눈에, 맛있는 것을 먹으려고 줄을 서서 기다리고 있는 사람들의 그 삶의 의욕은 아름답게 느껴졌다. 그는 삶의 극단을 겪고서도 아름다움을 느끼는 낭만적인 사람이었다.

두 사람이 이차로 간 곳은 '몽상가들'이라는 칵테일 바였다. 주연이 마음속의 말들을 이야기하자 민수는 바텐더가 둘의 대화를 고스란히 듣고 있는 것 같아서 신경을 쓴다. 그렇게 타인을 경계하듯 의식하는 것은 민수의 그 현실주의적 면모의 한 부분인지도 모른다. 두 사람은 주연과 함께 영화 모임을 했던 루시라는 여자와 합석을 하게 되는데, 바텐더도 그들과 같은 모임의 일원이었다고 한다. 그들은 자본주의의 논리와 예술에 대해 토론을 벌이고, 바텐더는 자비에 돌란의 「마미」를 혹평한다. 이야기를 들어보면, 바텐더나 루시는 몽상가라기보다는 지극히 현실적인 사람들이다. 영화 「마미」에서 아들의 비행과 기행은 아버지의 죽음 이후에 발현된 ADHD 증상이었고, 그 모자(母子)가 처한 곤경 속에서 국가는 구원이 아니라 폭력이었다. 그들을 살게 한 것은 아들을 잃은 동병상련의 이웃 카일라와 나누는 우정과 사랑이었으나, 아들은 시설에 수용되고 그 이웃마저 떠나게 되었을 때, 혼자 덩그러니 남은 엄마의 슬픈

몸짓은 '현실'의 완악함을 강렬하게 환기시킨다. "죄를 지었으면 죗값을 치르고, 정신이 망가졌으면 약을 먹으면 되는 거야. 그게 무슨 예술이야. 감독의 자기도취지. 루시가 흐흥, 코웃음을 쳤다."(55쪽) 바텐더의 이런 말은 현실적인 것인가. 아니면, 예상했던 금액보다 배나 비싸게 술값을 요구하는 바텐더의 그 장사 수완이 현실적인가.

현실적인 것과 몽상적인 것이란 무엇인가. 낭만의 이상과 현실의 악력이 교차하는 68혁명의 현장 파리를 배경으로 펼쳐지는 베르나르도 베르톨루치의 「몽상가들」에서, 영화라는 몽상의 장치는 청년들의 내적 욕망과 그것을 억압하는 역사적 현실을 매개한다. 오이디푸스적 불안 속에서 성장(단단해짐)을 거부하고 있는 남매 테오와 이사벨에게 영화는 도피와 위안의 처소, 즉 '마의 산'이었다. 그들 가까이 다가갔던 미국인 매튜는, 몽상의 성전인 시네마테크에서 랑글루아를 내쫓으려는 진부한 체계의 그 권력(아버지)에 반항하는 당대의 청년들에게 영화가 무엇이었는가를 말한다. "우리는 영화를 보며 현실을 망각했다." 그들에게 영화는 섹스나 술이나 마오이즘이나 죽음의 충동과 같은 도취와 도피의 장치였다. 그러나 꿈꾸지 않고 꿈에서 깰 수 없는 것처럼, 깊은 도취와 막다른 도피의 시간을 통과함으로써, 마침내 그들에게는 각성의 기회가 주어질지도 모르는 것이다.

다음의 대화를 보면, 저 현실주의자들 틈에서 주연만이 오롯이 몽상주의자인 것을 알 수 있다. "저렇게 현실적인 사람이 가게 이름을 왜 몽상가들이라고 지었지. 민수의 혼잣말에 주연이 대꾸했다. 사람들이 현실이라고 생각하는 게 가장 깊은 꿈속일지도 몰라. 루시가 환호성을 질렀다. 어머, 선생님 너무 멋진 말이에요. 그러면 우리야말로 진짜 현실을 살고 있는 거죠!"(56쪽) 세 사람은 루시의 지인이 여행을 떠나며 관리를 부탁한 아파트로 술자리를 옮긴다. 기묘하게도 그 아파트는 주연이 자살을 시도했던 것과 같은 17층이다. 민수는 베란다 밖으로 보이는 밤의 풍경 속에서, 저 멀리 검은 숲을 바라본다. "민수는 주연이 병원에서 창밖을 보다가 발견했다는 아름다움을 떠올렸다. 밤의 숲은 그것과는 정반대의 무엇처럼 느껴졌으나 그렇다고 아름답지 않은 건 아니었다."(59쪽) 현실적인 그에게도 낮이 아닌 밤, 그것도 술에 취한 밤이란 희미한 아름다움을 느끼게 한다. 그러나 밤의 풍경과 술, 그 꿈결 같은 몽상에 취한 현실주의자는 숙취의 고통 속에서 깨어나 아침을 맞을 것이다.

함께 술을 마시던 주연은, 왜 자살하려고 했었는지를 민수에게 고백한다. 미술을 하던 후배가 맡겼다는 그림, 고등학교 때 시골 장터에서 만난 할머니를 목탄으로 그린 그 그림 때문이었다는 것이다. "얼굴이 온통 주름으로 뒤덮인 할머니가 고개를 비스듬하게 돌려 쳐다보고 있었어. 울지도 웃지도 않고

있는데, 파인 주름마다 슬픔이 가득 담겨 있었어. 인류의 시공
간 속에 있던 슬픔의 무게가 죄다 그 속으로 스며든 것처럼. 선
배, 그 무게가 나에게 뛰어내리라고 말한 거였어."(60쪽) 이 그
림을 그린 후배는 죽었다고 한다. 현실주의자에게는 황당한 이
야기로 들릴 수 있겠지만, 타인의 얼굴에서 슬픔을 읽고 책임
의 윤리를 자각하는 것이야말로 현실에 대한 가장 충실한 참여
일지도 모른다. "선배, 내가 병원 창밖에서 본 건 슬픔이 아니
라 기쁨이었어. 그러니 걱정하지 마. 우리가 보는 현실은 극장
에서 보는 영화 같은 거야. 진짜 현실은 오랜 세월 동안 우리
몸에 켜켜이 쌓여 있고 그게 마음을 통해 바깥세상으로 투영되
는 거야. 사람들은 다른 몸으로 살고 있지만 마음은 서로 연결
되어 있는지도 몰라. 그래서 남들이 느끼는 모든 기쁨과 슬픔
을 다 아는 거야. 우리는 다 알고 있어. 모르는 척할 뿐이지, 모
르지 않아."(61쪽) 그러고 보면, 주연의 몽상가적 기질이야말
로 현실의 그 심오한 암연을 가장 내밀하게 읽어낼 수 있는 진
짜 현실적인 인식의 감수성이 아니었을까. 그저 살아남았다는
뜻의 생존이 아니라, 여기서 주연은 함께 더불어 살아가는 공
동체적 윤리의 삶과 그 기쁨을 말하고 있는 것이 아닐까. 그렇
게 그는 몸의 체험으로 가능한 공감의 역량, 그 코나투스를 위
한 기쁨의 정서를 말하고 있는 것처럼 보인다. 이것은 「옛 연
인을 만나러 가는 일」에서 보았던, 나와 너를 우리로 종합하는

그 변증법적 논리와는 결이 전혀 다른 결말이다.

「찬투」에서 향숙의 삶이야말로, 「전망 좋은 방」에서 엿본 그 공동체적 윤리의 기쁨으로 가는 궤적을 잘 보여준다. 그는 현실적으로 더 나은 삶을 위해 꽃과 별을 꿈꾸던 청춘의 시절과 작별하고 첫사랑마저 버렸지만, 결국 크게 더 나을 것이 없는 삶을 살아온 중년의 여성이다. 그러나 그는 먹고살기 위해서 해야 했던 돌봄의 노동 속에서, 자기로부터 타자에게로 가는 책임의 윤리에 눈뜨게 된 것처럼 보인다. 생존을 위한 악착같은 삶 속에서 점점 더 자아에 매몰되는 사람들도 있지만, 모진 세파를 견뎌내며 살아남은 향숙은 어느새 성숙한 사람이 되어 있었다. 반면에 출산을 한 딸을 간병하는 남희라는 초로의 여성은, 생존의 절박함에 치여서 악착같이 살다가, 결국 그 삶이 오직 생존을 위한 수단처럼 되어버린 모습을 보여주는 것 같다.

조선족 출신의 향숙은 더 나은 삶, 더 풍요로운 삶을 꿈꾸며 황해를 건넜으나 눈앞에 마주한 현실은 예상했던 것과는 전혀 다른 것이었다. 음식을 비롯해 낯설고 맞지 않은 것들로 힘들었겠지만, 그보다는 속아서 한 결혼이었기에 마음을 붙이기가 어려웠을 것이다. 향숙이 그렇게 힘든 생활을 하고 있을 때, 한국에 와서 사업으로 성공하고 나이가 한참 어린 한국 여자와 결혼을 했다는 옛 연인 용선의 소식을 전해 듣는다. "그때는 너무 어렸지. 향숙은 한숨을 쉬었다. 너무 어려서 자기 마음을 몰랐고, 그 자리보다 더 좋은 세상이 기다리고 있을 거라는 기대가 있었다."(161쪽) 그런데 어느 날 향숙의 이혼 사실을 알고 용선이 만나자는 연락을 해온다. 그때 향숙은 한국에 온 지 삼 년 된 캄보디아 이십대 여성 노동자인 찬투의 간병인으로 병원에 있어야 했다.

찬투는 열악한 환경에서 일을 하다가 난소에 종양이 생겨서 큰 수술을 받게 되었는데, 남편 다라와 연락이 되지 않아 더 힘들어하고 있었다. 소재를 알 수 없었던 다라와 뒤늦게 연락이 되어 병원비 문제도 해결이 되고, 영상 통화를 하게 되자 찬투는 그동안의 설움과 고통을 하소연하며 눈물을 흘린다. 캄보디아 말로 찬투는 꽃을, 다라는 별을 뜻한다고 한다. 향숙은 남희에게 잠시 찬투를 맡기고 용선과의 약속을 위해 닷새 만에 병원을 나온다. "지금이 아니면 안 될 것 같았다. 지금 그 버스를 잡아타지 않으면 영영 간병인 생활에서 벗어나지 못할 것이고 영영 용선을 만나지 못할 것이라는 미신 같은 느낌에 사로잡혔다. 향숙은 버스를 뒤따라 도보 위를 달렸다."(173~174쪽) 그러나 버스를 놓치고 향숙은 이내 마음을 진정하는데, 마치 큰 깨달음처럼 그에게는 이런 생각이 찾아온다. "그래, 과거는 흘러간 거지."(174쪽) 지나가버린 버스처럼 흘러간 시간은 다시 되돌릴 수 없다. 부희령의 소설 속 인물들을 얽어매어 사로잡고 있었던 과거의 악력을, 향숙은 가장 자연스럽고 상식에 부합하는 그 사실의 자각을 통해서 벗어나고 있는 듯하다. 간병인으로서 향숙은, 환자들과 일정한 '거리'를 두려고 애쓰는 사람이었다. 그러나 마침내 어떤 결심 속에서, 분짜와 새우튀김을 사 들고 용선이 아닌 찬투에게로 돌아가는 향숙의 그 발걸음이 향하는 의미가 결코 가볍지 않다. 그것을 민족과 인종의 경계를 넘어선 돌봄, 타자를 향한 책임의 윤리로 가는 하나의 발걸음이라고 한다면 너무 거창하게 이야기하는 것일까.

「봄잠」은 애도에 관한 이야기이다. 그러니까 그것은, 제주 4·3의 역사적 소용돌이에 휘말리고 그 폭력의 기억에 붙들려서 한평생을 살아야 했던 여자의 이야기다. 팔십이 넘은 나이의 여자는 강 여사로 불리고 있지만, 난리 통에 열 살이 채 안 된 자기를 구해주었던 할망 강백주의 이름으로, 또 그 할망의 죽은 딸 고명진의 이름으로 한평생을 살았다. 할망 강백주는 덤불 속에서 죽어가던 여자를 구해냈다. "할망은 살아라, 살아나라, 살아지면 살아나라, 중얼거리며 토닥였어요."(132쪽) 그러니까, 역시 여자는 생존자인 것이다. 다시 말하지만, 생존이라는 주제는 부희령 소설의 핵심을 이룬다. 그렇게 생존해서 힘들게 살아내었던 여자가 이제는 죽음을 말한다. "살아야 할 날이 얼마 남지 않고 보니, 이렇게 늙어 죽게 된다니 얼마나 큰 축복인지 모르겠어요. 죽는 일도 사는 일만큼이나 어려운 일이라는 걸 두 눈으로 보고 직접 겪었으니 하는 말이지요. 나는 이제 아무 날 아무 시에 죽어도 타고난 목숨만큼 산 셈입니다. 아니지요. 먼저 간 부모 그리고 할망의 목숨까지 얹어서 제 명보다 더 긴 세월을 살았어요. 이제야 비로소 그걸 알겠더라고요. 아닌 게 아니라 요즘은 오랫동안 잊으려 애쓰던 일들이, 그러다가 저절로 잊힌 일들이 점점 마음속에서 또렷해져요." (127쪽) 그러나 여자에게는, 바로 그 기억과 관련하여 죽기 전에 해야 할 일이 남아 있다.

  팔을 다친 여자를 도울 간병인으로 들어온 여자의 이름이 고명진이었고, 그 얼굴은 제주 시절의 여자를 도와주었던 한 남자의 얼굴을 많이 닮아 있었다. 소설은 간병하는 여자와의 만남을 계기(매개)로 그 남자를 향해 과거의 기억을 펼쳐내는 형식으로 되어 있다. "우연히 텔레비전 화면에서 섬 풍경을 마주칠 때는 채널을 얼른 돌려버렸습니다. 서럽고 그립고 밉고 두려운 흉터 같은 걸 마음속에 남기고 싶지 않았어요. 그저 잊고 싶었어요."(140쪽) 여자는 칠십 년 전에 섬을 떠나오면서 그 기억들과 철저하게 단절하려 했다. 그러나 그것은 그렇게 억압한다고 사라질 수 있는 게 아니다. 생의 끝자락에서 이제 여자는 그 기억과 화해하려고 한다. 한글을 가르쳐주고 또 여자를 육지로 내보냈던 고 중사라는 고인이 된 남자에게 들려주는 이인칭의 서술 형식이라든가, 다른 사람들의 이름으로 살아온 여자의 삶이라든가, 굿 사설의 신화들이 인용되는 맥락을 보면, 「전망 좋은 방」의 주연이 했던 이 말이 다시 떠오른다. "사람들은 다른 몸으로 살고 있지만 마음은 서로 연결되어 있는지도 몰라. 그래서 남들이 느끼는 모든 기쁨과 슬픔을 다 아는 거야."(61쪽) 자기의 몸을 억울하게 죽은 넋들이 깃드는 영매로 내어주는 무녀처럼, 여자는 그렇게 4·3의 폭력에 희생된 생명들을 대신하고 있는 것으로 보인다.

팔순을 기념해 아들과 함께 다시 제주를 찾았던 여자는 이상한 일들을 경험한다. 내비게이션으로 찾아간 식당에는 식당 대신 공동묘지 간판이 나오고, 수국 꽃밭을 찾다가 길을 잘못 들어간 곳에는 수십 기의 무덤이 나타난다. "할망이 나를 부르는구나. 어멍과 아방이 나를 부르는구나. 그래서 내가 섬에 오게 된 거구나."(143쪽) 할망은 여자의 생명을 구해낸 사람이었다. 그러니까, 강백주는 억울한 죽음의 넋을 구해내는 자청비였다고 할 수 있겠다. "오랫동안 내가 누구인지 나는 몰랐어요. 한동안 할망의 딸 고명진으로 살았고, 나머지 시간은 강백주로 살았습니다. 남의 이름을 빌려 살았고, 남의 말을 빌려 살았지요. 섬에 다시 돌아갔을 때, 비로소 내가 누군지 깨달았어요. 나는 강백주예요. 나는 할망이지요. 그러자 입을 열어 나의 말을 할 수 있더군요. 오래 말라 있던 눈물이 쏟아지듯 말이 쏟아져 나오더군요."(144쪽) 동굴에 숨어 지낼 때 어머니는 여자에게 입을 다물고 있어야 한다고, 반벙어리처럼 행세해야 살 수 있다고 당부했다. 섬을 떠나는 여자에게 고 중사도 말조심을 당부했다. 그렇게 폭력의 기억은 발설해서는 안 되는 것으로 억압되어야만 했다. 그러나 이제 여자는 억울한 죽음들을 대신해, 그 모든 슬픈 기억을 마침내 말(공수)할 수 있게 되었다. 여자는 남의 이름을 빌려 살아야 했던 자기의 지난 삶을 부정하는 것이 아니라, 그것을 있는 그대로 받아들임으로써 자기의 존재를 오롯하게 되찾았다. 자신의 과거를 애도하고 다른 이들의 슬픔까지 애도함으로써, 드디어 잔혹했던 봄의 잠에서 깨어난다. 그렇게 깨어난 여자의 눈앞에 수국이 흐드러지게 피어 있다.

「마중」에서는 치매를 앓으며 기억을 잃어가고 있는 남자의 묻어두었던 과거와, 그 딸 양경이 오랫동안 떨쳐내지 못했던 아버지에 대한 원망 어린 기억을, 각각의 시점으로 교차해서 보여준다. 남자는 사업을 해서 한때 번창했던 시절도 있지만, 사기를 당하는 등의 곡절 끝에 수도권의 변두리로 이사를 와서 지금껏 살고 있다. 그렇게 변두리로 밀려난 것이 사십여 년 전의 일이었다. "살아오면서 놀랄 일들은 늘 있었고, 너무 많았다. 세상에는 어떤 일이든 일어날 수 있음을 그는 이미 알고 있었다."(76쪽) 사십 년 전의 실패로 주저앉은 남자는 다시 일어나지 못했고, 가족에 대한 그런 무책임은 자식들에게 상처와 나쁜 기억을 남겼다. 이제 아흔이 넘은 남자는 너무 노쇠하였고, 딸을 알아보지 못할 정도로 심한 치매를 앓고 있다. "세월이 흐르면서 집은 낡아지고, 아버지는 늙어갔다. 아버지와 집은 서로에게 갇힌 채 허물어지고 갈라졌다. 어느 순간부터 영영 복구할 수 없는 상태로 변했다."(79~80쪽) 공부를 잘했던 양경은 집에서 등록금 지원을 받지 못했고, 과외를 하면서 학비를 벌었으나 결국 대학을 마치지 못했다.

아흔이 넘은 현재의 남자에게 미래의 시간은 촉박하고 과거의 시간은 애틋하다. 미래의 문이 닫히고 있는 가운데, 과거의 기억들이 그의 현재를 덮쳐온다. "강물보다 빠르게 흘러가던 시간은 참혹한 삼 년 전쟁의 기억조차 말끔히 씻어버렸다. 정말로 그런 줄 알았다. 하지만 눈앞에 남은 미래가 거의 소진되자 시간의 실체가 보이기 시작했다. 미래는 결코 경험할 수 없었고 현재는 과거에 먹혀버렸다. 이제 그가 느끼는 것은 몸 위에 쌓여 있는 과거뿐이었다."(86쪽) 남자는 어려서 아버지를 잃고 외할머니의 손에서 자랐다. 외할머니는 러시아 공사관에서 찬모로 일하며 혼자서 외동딸을 키워낸 신앙심 깊은 기독교인이었다. 평범하지 않은 가족사의 굴곡은 그의 마음에 어떤 상흔을 남겼는지도 모른다. 그래서 이런 말도 그저 예사롭게 들리지 않는다. "생각해봐라, 우리는 평생 한 번도 떨어져서 살아본 적이 없단 말이다."(84쪽) 일본에 출장 가면 한두 달씩 집을 비웠었다고 딸은 거짓말이라며 반박한다. 그 거짓말은 역설적으로 그의 결핍을 드러내는 일종의 증상일 수 있고, 그 렇다면 한 번도 떨어져서 살지 않았다는 그 망상은 그처럼 떨 어지고 싶지 않다는 간절한 바람, 가족의 화목에 대한 짙은 열 망을 표현하는 것이라고 할 수 있지 않을까.

　남자는 전쟁 때 다리에 부상을 입은 채로 탈영해 숨어 있다 가 만난 어느 처녀의 기억을 계속해서 떠올린다. 이 처녀는 지 금의 아내가 아니다. 남자는 그 처녀에게 송도원의 붉은 벽돌 집 동순남 씨를 찾아가 자기가 여기 숨어 있다는 사실을 전해 달라고 부탁한다. 처녀는 알았다고 하면서 떠난 뒤에, 남자는 꿈속에서 할머니가 짜주던 염소젖을 따뜻하게 데워 마셨지만, 추위와 배고픔은 사라지지 않는다. "아무리 마셔도 추위와 배 고픔은 가시지 않았으므로, 그는 처녀와 할머니가 자신을 데리 러 오기만을 기다리고 또 기다렸다."(94쪽) 그러니까 이 소설 은 바로 그 허기, 즉 어떤 절대적인 결핍에 관한 이야기였다. 허기진 남자는 좋은 아버지가 되지 못했다. 남자의 허기진 삶 은 딸의 삶까지도 허기지게 했다. 그렇다면 그 허기를 어떻게 채울 수 있을까. 이 남자처럼 할머니와 처녀를 마냥 기다린다 고 해서 채워질 리는 없다. 양경처럼 분노와 미움의 에너지로 힘껏 원망한다고 해서 채워질 리도 없을 것이다. 확실한 것은 없지만 분명한 것은, 과거의 어떤 기억 속 상처와 결핍, 그 존재론적 허기에 대한 자기만의 지나친 '생각'에서 헤어나야 한다는 사실이다. 결국 자기에 대한 집착을 벗어나게 하는 것은 내가 아닌 타자, 즉 자기 곁에 있는 존재들과의 우정 어린 만남과 교류이다. 그렇다면 나와 네가 분열하는 비대칭성의 길이 아니라 내가 곧 네가 되는 대칭성의 길, 「전망 좋은 방」의 주연과 「찬투」의 향숙과 「봄잠」의 강백주가 그들의 허기진 삶으로부터 나아간 그 길을 함께 따라가볼 필요가 있지 않을까. 그렇게 부희령의 소설은 사람을 과거의 어떤 기억 속에서 자꾸만 나르시시즘적인 생각으로 고착시키고 고립시키는 것, 그 '마의 산'으로부터 내려오려는 생존의 의욕과 분투를 이야기하고 있는 것처럼 읽힌다.

내가 쓴 소설을 담담한 마음으로 들여다보기는 힘들다. 녹음된 내 목소리를 재생시키거나 촬영된 내 모습을 동영상으로 볼 때의 민망한 느낌이 있다. 내가 썼기 때문에 내 눈에만 보이는 것들도 있다. 자의식이 보이고, 설익은 타협이 보이고, 치열하게 마지막까지 밀어붙이지 못한 나태함이 보인다.

아침에 우연히 읽은 글 속에서 '저는 내면이 없는 사람이에요'라는 구절을 발견했다. 내면과 자아를 거의 동일한 의미로 쓰면서, 자아가 나의 가장 큰 적이라는 설명을 했다. 불교 공부를 열심히 하던 시절에 나도 자주 생각하던 주제다. 그래서 눈에 들어온 구절일 테다. 하지만 문득 궁금해졌다. 자아가 없다면 소설을 쓸 수 있었을까?

타인과 나를 구별하는 가장 분명한 경계는 피부로 싸여 있는 하나의 신체일 것이다. 그런데 자아는 신체의 내부 어딘가에 존재할 것 같지 않다. 그렇다고 몸 밖에 존재할 리도 없다. 자아는 몸 안팎에 두루 존재하는 마음의 영역이다. 예전에 나는 마음의 번뇌 하나하나를 제거하는 방식으로 자아를 비울 수 있다고 믿었다. 하지만 이제는 죽어서 신체가 자연 속으로 흩어지지 않는 한 자아는 비워지지도 없어지지 않음을 깨달았다. 자아라는 내면을 없애려는 노력도 그만두었다. 그 대신 다른 사람과 식물과 동물 같은 많은 존재를 내면으로 끌어들여, 자아의 범위를 넓히려 애쓴다.

소설은 소설가 혼자 만들어내는 게 아니다. 주위 사람들의 마음, 사회적 조건, 자연 환경 등등이 모두 협조한다. 들여다보고 있노라면 부끄러워지는 나의 소설 속에도 내가 견뎌온 것, 그리고 나를 살아가게 한 힘들이 모두 들어 있다. 부끄러움 끝에 늘 벅찬 감사의 마음이 남는다.

취재와 인터뷰에 응해주신 분들이 여럿 있다. 그분들에게 진심으로 고맙다. 잘못 쓴 제주 말을 올바르게 수정해주신 소설가 현기영 선생님께 특별히 감사드린다.

옛 연인을 만나러 가는 일

ⓒ 부희령

1판 1쇄 발행　|　2025년 12월 19일

지은이　　|　부희령
펴낸이　　|　정홍수
편집　　　|　김현숙 이명주
펴낸곳　　|　(주)도서출판 강
출판등록　|　2000년 8월 9일(제2000-185호)

주소　　　|　서울시 마포구 동교로17안길 21 (우 04002)
전화　　　|　02-325-9566
팩시밀리　|　02-325-8486
전자우편　|　gangpub@hanmail.net

값 15,000원
ISBN 978-89-8218-375-1　　03810

* 이 책은 경기도, 경기문화재단 2025 경기예술지원 〈경기문학 출간지원〉 지원으로 발간되었습니다.